www.tredition.de

Karl Weichhart

Elfi

Briefe an meine Schwester

www.tredition.de

© 2020 Karl Weichhart

Verlag und Druck:
tredition GmbH, Halenreie 40-44, 22359 Hamburg

ISBN
Paperback: 978-3-347-14860-4
Hardcover: 978-3-347-14861-1

ELFI

Briefe an meine Schwester

von

Karl Weichhart

Elfi, das Buch, ist der Versuch an meine Halbschwester, die ich 5o Jahre nicht mehr gesehen hatte, als Gegenleistung für ihren Besuch, alle zwei Wochen einen Brief zu schreiben, in dem ich ihr von meinem Leben erzähle.

Die Hoffnung, dass sie alle Briefe lesen würde hat sich leider nicht erfüllt aber immerhin bis Brief 25 ist sie gekommen.

In langen Telefonaten haben wir uns oft prächtig über meine Aufs und Abs

amüsiert.

Die Begegnung mit ihr und der darauffolgende Kontakt waren eine grosse Bereicherung für mein Leben

an die ich stets mit grosser Freude
und Dankbarkeit denken werde.

1.Brief

Es läutet an der Haustüre, so früh? Das kann ja fast nicht sein, doch es war so, ich war aufgeregt so viele Fragen hatte ich mir im Vorfeld deines Besuches gestellt.

Und jetzt? Dank der Initiative deiner Tochter Daniela kam dieses Treffen zustande.

Konnte ich dich nur ansehen und staunen, wie schön du bist mit deinen 82 Jahren.

Meine Schwester, ich war sprachlos, überwältigt.

Was hatte ich mir im Vorfeld nur alles ausgemalt. Was wenn wir uns mit Vorwürfen, immerhin waren beinahe fünfzig Jahre vergangen, begegnen würden uns gegenseitig für all das Versäumte beschuldigen würden? Nichts von alldem passierte. Es war die reine Freude drei unbeschwerte Tage voller toller Gespräche, ohne dass wir in der trüben Suppe der Versäumnisse schweres Blut in Wallung bringend, rührten.

Natürlich redeten wir über Vergangenes, aber es war ein liebevolles Austauschen von Ereignissen, Gedanken, Gefühlen, einiges wusste ich, vieles kam neu dazu. Abtauchen in die Vergangenheit. Schnell wurde mir klar, dass es viel mehr Zeit brauchen würde um auch nur annähernd alle Personen, familiären Ereignisse ausreichend zu behandeln. Ich denke, dass es dir ebenso erging.

Die Freude des Wiedersehens hüllte uns ein in eine rosarote Wolke, die von mir aus ewig anhalten hätte können.

Wir redeten bis tief in die Nacht, es war mir wichtig, dass ihr bei uns schlaft und nicht in einem Hotel, vielleicht nicht so komfortabel, aber näher.

Tage vorher hatte ich dein Bett aufgestellt und auch darin geschlafen, ich musste wissen, wie es sich anfühlt, ob es am richtigen Platz im Zimmer stand, Heidi meine Frau schaute meinen Aktivitäten sanft lächelnd zu. Ich liess mich jedoch nicht davon abhalten. Schliesslich war es meine Schwester, die zu Besuch kam und dafür sollte möglichst alles stimmen.

Natürlich gingen die Tage viel zu schnell vorbei.

Als ihr euch am Sonntag verabschiedeten schneite es, es hatte die halbe Nacht geschneit. Mir graute bei dem Gedanken, dass es vielleicht den ganzen Weg zurück schlechtes Wetter haben würde, was dann auch so war. Toni erwies sich als hervorragender Fahrer, als ihr dann endlich anrieft fiel mir ein grosser Stein von Herzen.

Nach und nach kehrte Ruhe ein in meine Gefühlswelt. Fünfzig Jahre in drei Tagen abhandeln, nein das war nicht möglich.

So fasste ich den Entschluss meiner Schwester in Briefen zu erzählen wie mein Leben sich gestaltete, was ich alles so gemacht habe. Ich habe mir vorgenommen ihr alle zwei Wochen einige Seiten zu schreiben, als meine Art danke schön zu sagen für deinen Besuch bei mir. für dieses unvergessliche verfrühte Weihnachtsgeschenk. Es ist mir klar, dass es Tage geben wird, an denen mir die Worte wie reife Früchte zufallen werden, dass es aber auch Tage geben wird, an denen ich mit jeder Silbe ringen werde.

Ob diese meine Geschichte wichtig ist, ob lustig oder traurig, wird sich zeigen. Ich werde dir von meinen Siegen und Niederlagen erzählen, von meinen Wünschen und Sehnsüchten. Du bist meine Schwester. Du sollst wissen was für einen Bruder du hast und wie es mir ergangen ist.

2. Brief

«Als ich das Licht der Welt er-blickte war es finster», so schrieb ich einst in der Schule als es galt einen Lebenslauf zu schreiben.

Der Lehrer fand das weniger lus-tig und verpasste mir auch gleich eine Strafaufgabe. Ich musste 150-mal «Disziplin und Ordnung sind die ersten Forderungen in der Schule» schreiben, bis Morgen.

Dabei war ich im Recht, der 9. No-vember 1946 war ein trüber von Ne-bel verhängter Tag und um 18.00 als ich zur Welt kam, war es bereits fins-ter. Was solls. Aber gehen wir der Reihe nach.

Als zweijähriger hatte ich Schar-lach dafür musste man zu der Zeit ins Spital in Quarantäne und wenn es auch unwahrscheinlich scheint, ich kann mich an einzelne Szenen erinnern. Das grosse Zimmer mit dem viel zu grossen Bett, wir waren etwa acht Kinder unterschiedlichen Alters. Nachts konnte man grässlich wimmernde Pfauenschreie und lautes Hundegebell hören. Die Schwestern waren nicht zimperlich und drohten mehr als einmal uns an den Füssen aus den Fenstern zuhängen, dann würden die bösen Pfauen kommen und uns die Augen auspicken.

An den starken Geruch von Lisol, die ständige Angst was falsch zu machen und aus dem Fenster gehängt werden, sind mir präsent geblieben.

Damals wohnten wir noch in Kalsdorf in der Siedlung bei den Eltern meiner Mutter.

Es dauerte nicht lange und wir übersiedelten nach Fernitz, in Papas Heimathaus. Ein grosses Haus dazu gab es auch einen Stall mit einer Kuh, zwei Geissen und einigen Schweinen, natürlich auch Hühner und Katzen. Ja und an der südlichen Hauswand wuchsen Weintrauben, die aber viel besser aussahen als sie schmeckten.

Meine Grossmutter die Schwarzbäurin war eine sehr resolute und streng gläubige Frau.

«Kinder brauchen nicht viel zum Essen, die wachsen von allein» pflegte sie zu sagen. So hat es mir jedenfalls meine Mutter erzählt. Was ich jedoch weiss ist, dass sie uns, Hans und mir das Vaterunser gelehrt hat. Sie war nicht gerade der Zuckerbrot Typ. Wenn wir vor ihr knien mussten hatte sie immer einen Haselnuss Stock in der Hand den sie brauchte, wenn wir den Text nicht richtig aufsagten oder die Geschwindigkeit gegen Ende des Gebetes erhöhten, um endlich wegzukommen. Und da sie nicht gut zu Fuss war, konnte sie mithilfe des Stockes uns die nötige Züchtigung für unser frevelhaftes Verhalten widerfahren lassen. Als sie starb sang ich auf der vorderen Haustür Treppe: «Die Schwarzbäurin ist gestorben». Papa beauftragte Josef den fünf Jahre älteren Bruder meinem Singen ein Ende zu bereiten. Der tat dies mit einigen Kopfnüssen. Ich hatte keine Ahnung wofür.

So sass ich dann heulend statt singend auf der Treppe.

Ich war kein männlicher Bub, keiner der Uhren zerlegte, sich für Mechanik interessierte, in jeder Ecke Nägel einschlug. Nein ich war ein Weichei, einer der schnell heulte, sich lieber in der Küche als in der Werkstatt herumtrieb. Nach dem Krieg waren tatkräftige Typen gesucht nicht solche, die Gedichte vortrugen oder gute Aufsätze schreiben konnten. Ist sowieso alles gelogen sagten die, die es nicht konnten.

Wenn ich meiner Mutter beim Kochen half, war die grösste Sorge meiner Brüder, ob ich mir wohl die

Hände gewaschen habe. Aber abgesehen davon, erlebte ich eine glückliche Kindheit. Es fehlte uns eigentlich an nichts, ausser an Geld.

3. Brief

Dann eines Tages, es war im Früh-sommer brachte Papa einen kleinen Hund nachhause «Rolfi», welche Freude. Der kleine war so drollig, folgte uns überall hin.

Bald waren Hansi und der Hund unzertrennlich. Als er dann älter wurde, musste er an die Kette. Am Wirtschaftsgebäude entlang wurde unter dem Dach, ein Drahtseil ge-spannt. Daran kam dann die Lauf-kette, so dass der Hund hin und her rennend, das ganze Gebäude bewa-chen konnte. Wir verbrachten viele Stunden mit ihm vor seiner Hütte.

Ab und zu jedoch banden wir ihn los und rannten in die Au, die gleich angrenzend an unser Grundstück begann. Dann scheuchte er Fasane auf, die mit lautem Gegacker aufflogen. In einem besonders kalten Winter war der Schnee gefroren und man konnte auf ihm laufen. Von Westen blies ein starker Wind es war ein eigenartig schönes Gefühl auf dem gefrorenen Schnee zu laufen. Mit weit ausgebreiteten Armen liefen wir und Rolfi fröhlich hüpfend im Wind, kamen erst zurück als die Nase vor Kälte rot und die Finger klamm waren.

Dann eines Tages kam ein Jäger zu meinem Vater erklärte ihm, dass er den Hund falls er ihn wieder in der Au jagen sehen würde, erschiessen müsste. Unser Argument, dass er die Fasanen ja nur erschrecken würde fruchtete nichts. Von da an waren unsere Jagdausflüge gestrichen.

Es begann die Schulzeit. Von unserem Dorf kannte ich nur die Strasse, in der ich wohnte, bis hin zum Kirchplatz.

Gespielt hatten wir bis anhin nur mit Kindern, die maximal drei Häuser weit entfernt wohnten. Wie ein Schmetterling, der in seinem Kokon heranwächst, bevor er seine Flügel ausbreitet und zu fliegen beginnt.

Es war eine gemischte Klasse. Bis dahin hatte ich nur ein Mädchen, unsere Nachbarin Hermi kennengelernt. Nun waren allein in meiner Klasse sechs Mädchen.

Ich wusste nicht was ich davon halten sollte, aber nervös machte es mich alleweil.

Du könnest mir jetzt entgegnen, dass ich ja Hermine das Nachbarmädchen kannte. Du hast nicht unrecht, aber Hermi war im Wesen wie ein Junge. Sie raufte gerne, kratzte biss, spuckte und das schlimmste, sie war stark, viel stärker als ich. So mancher blaue Fleck stammte von ihr.

Einmal hatte ich sie endlich so weit. In siegreicher Pose kniete ich auf ihr und endlich wollte ich sie all die schmerzhaften Niederlagen spüren lassen, als ein Pfiff ertönte, den ich nur allzu gut kannte.

Ich drehte mich um, Papa stand hinter mir schüttelte verneinend den

Kopf: »aus, Mädchen werden nicht geschlagen!«.

Gedemütigt gab ich auf. Gerade jetzt, hätte er nicht…Ich sah Hermi grinsen, beim Aufstehen gab sie mir noch eine mit.

Und jetzt waren sechs Mädchen in der Klasse das verwirrte mich, weil ich mich von ihnen angezogen fühlte, mich ihnen aber nur ängstlich, vorsichtig näherte. Da hätte ich dich gebraucht dich, die mir diese komplexen Wesen hätte erklären, verständlich machen können.

Aber es klärte sich wie so vieles von allein. Die Lehrer achteten genau darauf, dass kein Kontakt mit den Buben zustande kam. Und beim nach Hause gehen hatten wir Buben genug zu tun uns gegenseitig zu schubsen und zu streiten.

Ja, so eine Schwester wäre hilfreich gewesen. Meine Liebe allerdings galt der Lehrerin Frau Wenemoser. Ich ging nur ihretwegen in die Schule. Aber es war eine eher unglückliche Liebe. Die Konkurrenz war gross und in der Reihe der bevorzugten Schüler nahm ich eher einen hinteren Platz ein.

Es tat meiner romantischen Schwärmerei allerdings keinen Abbruch. Ich versuchte es mit Steinpilzen, Eierschwämmen wilden Erdbeeren, die wir zur Genüge im Wald fanden, aber ihre Aufmerksamkeit war nur von kurzer Dauer. Meine Aufsätze brachten da schon mehr ein.

Eines Tages jedoch, sie war mit uns zu einem Ausflug unterwegs. Wir standen an der Haltestelle als Gisela in die Hose pinkelte, weil sie sich nicht getraute zu sagen, dass sie mal müsste. Sie wurde so sauer, dass sie Gisela an ihren Zöpfen packte und daran riss, dass es einem weh tat hinzuschauen. Gisela war nicht gerade die hellste und auch eher ein hässliches Entlein als ein Schwan, aber ich fühlte mit ihr als der

Wutausbruch der Lehrerin sie traf.

4. Brief

Von dem Tag an war ich von meiner Liebe zur Lehrerin geheilt. Enttäuscht musste ich feststellen, dass Liebe doch komplizierter war als ich angenommen hatte. Es war einige Tage vor den grossen Sommerferien da hiess es Kartoffelkäfer bekämpfen. Wir wurden mit Leinensäcken, in denen sich ein weisses Pulver befand, ausgestattet. So zogen wir staubend durch die Zeilen der Kartoffeläcker. Es machte Spass, denn alles war schöner als zu Schule zu gehen.

Mit dem Anfang der Ferien begann die Zeit des Heuens. Das hiess früh aufstehen, den Mähern hinterherlaufen. Das Gras verzetteln, am

Mittag wenden, am Nachmittag zu kleinen Hügeln häufen. Tags darauf wieder verzetteln, wenden und am späteren Nachmittag walmen und dann aufladen. Kein einfaches

Unterfangen. Die Kuh mit dem Wagen dazu bringen, dass sie gerade durch die Walme lief. Auf dem Wagen stand einer der das Heu entgegen nahm. Es galt langsam anzufahren, so dass er nicht vom Wagen fiel. Die Kuh schlug mit dem Schwanz Bremen abwehrend, wild um sich. Dazu schüttelte sie den Kopf, auf dass die lästigen Viecher davonflogen.

Oft genug mussten wir uns beeilen, wenn ein Gewitter im Anzug war, dann wurde es hektisch und es konnte schon mal vorkommen, dass die Kuh sich losriss und mit dem noch nicht fertig geladenen Wagen davonstieb.

Aber wenn wir endlich daheim, den Wagen ins Tenn geschoben, und es zu regnen begann, waren alle zufrieden. Dann ging der Most Krug herum und alle nahmen einen kräftigen Schluck davon. Nie hat der Most besser geschmeckt.

Den Geruch von frisch getrocknetem Heu liebe ich noch heute.

Wir Kinder hatten inzwischen alle unsere Aufgaben zu erfüllen. Misten, füttern grasen. Ich war für Kleinholz und Wasser zuständig. Es gab eine Zeit, da musste ich Wasser vom Brunnen in die Küche bringen, das Schiff im Herd füllen, so dass wir warmes Wasser hatten. Beim Holz gab es zwei Grössen. Feines zum anfeuern und gröberes zum Nachlegen. Mama schätzte es sehr, wenn genug feines vorhanden war und das Anfeuern leicht und rasch von statten ging.

Ich wiederum tat alles für ein bisschen Lob oder eine Streicheleinheit. Wenn ich mir vorstelle du wärst da gewesen, hättest du mich auch gelobt oder warst auch du angetan von männlichen Typen. Mal ehrlich, nein ich will es gar nicht wissen.

Nach vier Jahren in der Volksschule wurde ich in die Hauptschule geschickt, nach Graz. Ich, der ich nicht viel mehr kannte als den Schulweg in Fernitz. Da gab es zwei Varianten der Weg links von der Kirche.

Der Weg rechts, das war dann der Weg in den Wald und die Strasse nach Kalsdorf.

Und jetzt auf einmal in der Stadt, da gab es so viel zu sehen, das war schon imposant.

Mama fuhr mit mir mit dem Autobus und zeigte mir wo die Schule war. Sie schärfte mir ein, immer den gleichen Weg zu nehmen, so dass ich mich nicht verlaufen würde. Was ich auch tat bis auf einmal und ich mich prompt verlief. Ein Weichei und ein Landei, das war nicht gerade die beste Mischung. Ich musste einiges lernen.

Als der Winter kam trug ich, anstatt lange Hosen wie die anderen Schüler, Strümpfe, die mit einem

Rexband an den Oberschenkeln fixiert waren, darüber die kurzen Lederhosen.

Du hättest das Gegröle meiner Mitschüler hören sollen, in der grossen Pause stürzten sie sich auf mich: « Wir wollen schauen ob du ein Mädchen bist!». Was dann folgte ist mir heute noch peinlich.

Daheim heulte ich so lange, bis Mama mir eine lange Hose schneiderte. Aber der Schaden war angerichtet und ich wurde gehänselt, geschubst und malträtiert. Als ich mich beim Lehrer beschwerte, bekam ich eine Ohrfeige. Wofür? Dafür!

Dann wendete sich das Blatt, wenn ich auch mit Strümpfen und kurzer Lederhose antanzte so hatte ich doch etwas was die meisten nicht hatten. Meine Jause, bestehend aus einem Grammel Schmalzbrot und einem Apfel. Der Klassenstärkste, er war etwa dreissig Zentimeter grösser als ich bot mir an, mich vor der Horde zu beschützen, wenn ich ihm als Gegenleistung meine Jause überlasse.

Es war eine unheilige Allianz, aber im Anbetracht der Dinge ging ich auf den Handel ein.

5. Brief

In der grossen Pause mussten alle Schüler im Hof im Kreis herumlaufen und dazu ihre Jause essen. Wolfgang glaube ich hiess mein Body Gard passte wirklich auf, dass die Zwickereien und Tretereien aufhörten.

Und so gesehen hatte sich meine Investition gelohnt.

Aber das gab es ja noch die Lehrer. Unser Klassenlehrer lehrte Mathematik, Erdkunde und Sport. Dazu war er die Ansprechperson für die Eltern.

Er war eine Alter Nazi, und im Turnunterricht zeigte er uns voller Stolz, dass SS Zeichen tätowiert auf der Innenseite seines Oberarmes. Er wolle aus uns richtige Männer machen. Das war sein Credo.

Du kannst dir vorstellen, dass ich bald einmal sein liebstes Objekt war, wenn es darum ging Härte zu demonstrieren. Das ging meistens so, dass er mich aus der Gruppe herausnahm, um mit mir Ball zu spielen, Medizinball versteht sich. Der Ball wog so an die acht Kilogramm, wenn er ihn mir zuwarf flog ich damit einige Meter rücklings. Dann lachte er laut, erst als ich einmal mit dem Kopf aufschlug und eine Gehirnerschütterung hatte, hörte er auf mit seinem persönlichen Spass.

Herr Künstner lehrte uns Literatur, Zeichnen und Musik. Im Krieg hatte er ein Bein verloren. So lief er hinkend auf einem Stock abgestützt durchs Klassenzimmer. Auf seinem

Tisch lagen griffbereit eine grössere Anzahl Kreidestifte, so wie alle verfügbaren Schlüssel. Er verlangte Konzentration während der Arbeit, konnte aber auch locker sein. Wenn es ihm jedoch zu viel wurde, der Lärmpegel zu hoch war, fing er an die fehlbaren Schüler mit Kreidestiften zu bewerfen und wenn das nichts nützte, flogen Schlüssel. Da er sehr treffsicher war kehrte meist rasch Ruhe ein.

Er war es auch, der mir im Zeichenunterricht ein gewisses Mass an künstlerischem Talent bestätigte. «Kann er davon leben?» fragte Papa am Elternsprechtag. «Wohl kaum» und damit war die Sache gegessen.

Immerhin waren wir für ihn im Gegensatz zum Klassenlehrer, menschliche Wesen, denen es lohnte, einen Blickwinkel für Kunst und Kultur, zu öffnen. Mit seiner wilden Mähne sah er aus wie ein Künstler. Ich glaube er wäre gerne einer gewesen, vielleicht war er ja auch einer? Wenn er uns von Klimt, Schiele, Kokoschka oder Nolde erzählte so war das immer sehr spannend und die meisten hörten ihm gebannt zu.

Wenn ich ein Talent hatte, dann war es Gedichte auswendig zu lernen. Ich weiss nicht warum, er hatte eine Eigenheit. Mussten wir ein Gedicht auswendig lernen so liess er uns einzelne Strophen vortragen. Wenn es einer nicht konnte ging er zum nächsten bis er einen fand der es konnte und der musste sie dann jedem der es nicht konnte, vortragen.

Zuweilen spielte er uns auf dem Klavier und ein Lehrerkollege auf der Geige klassische Stücke vor. Dazu wurden die Klassen zusammengelegt, das heisst es waren dann immer gegen siebzig Schüler im gleichen Klassenzimmer. Spätestens nach einer halben Stunde endete das Vorspiel im Chaos. Der Lehrerkollege mit der Geige hatte im Krieg einen Kopfschuss abbekommen und da er eine Glatze hatte, konnte man die Delle besonders gut sehen. Man weiss, dass die Kinder grausam sind aber wir waren auch noch dumm.

Wenn der Lärmpegel zu hoch wurde schlug er mit dem Geigenbogen wild um sich. Wir wussten es und duckten uns, bis der Bogen kaputt war. Das war dann auch das

Ende der Vorführung. Einmal verliessen die beiden das Klassenzimmer und sperrten uns ein.

So hatten wir in den folgenden zwei Stunden Zeit uns zu beruhigen. Es gab einige Rädelsführer, die vor nichts zurückschreckten. Der grosse Rest machte einfach mit.

Wenn ich so zurückdenke waren wir doch eher eine Herde frecher und dummer Buben und die kriegsgeschädigten Lehrer hatten, wie man sich vorstellen kann, nicht mehr die besten Nerven. Wen wundert's, hatten sie doch alle längst ihr Pensionsalter erreicht. In Anbetracht des Lehrermangels aber machten sie weiter.

Natürlich ermahnten mich die Eltern zu lernen, auf dass ich es im Leben zu was bringen würde. Und manchmal war das Geld so knapp, dass Mama ihr Eier Geld für meine Wochenkarte einsetzen musste. Zudem mussten alle schlechten Noten von den Eltern unterschrieben werden, was mir so manche Ohrfeige einbrachte. Der Versuch die Unterschrift zu fälschen ging kläglich in die Hose.

6. Brief

Am Ende denke ich waren es nicht die körperlichen Schläge, sondern die verbalen Erniedrigungen, die mir zu schaffen machten.

Aber von einem Lehrer muss ich dir noch erzählen. Er hiess Andreas Hofer und outete sich als achter Nachfahre des Tiroler Freiheitskämpfers. Bei ihm hatten wir Geschichte. Du kannst dir vorstellen, dass wir zur Hauptsache mit dem Tiroler Freiheitskampf gegen Napoleon und die Bayern gefüttert wurden, noch ein wenig vom 30 jährigen Krieg, König Ottokar, den bösen Zaren, Attila dem Hunnenkönig und Maria Theresia und natürlich die Habsburger.

Ich fand Geschichte spannend und hätte gerne mehr über die Französische Revolution gewusst. Ja ja, die hat stattgefunden, aber die ist nicht so wichtig, pflegte Lehrer Hofer zu argumentieren. Der erste und speziell der zweite Weltkrieg wurden tunlichst verschwiegen.

Unsere Sichtweise beschränkte sich auf die Habsburger, dabei wären Frankreich oder England viel interessanter gewesen, aber wenn der Lehrer voller Leidenschaft von den Buchstaben LS, die sein Vorfahre in seinem Wirtshaus auf einen Tisch gekritzelt hatte anfing, dann machte er es besonders spannend. Er liess uns raten was die beiden Buchstaben für eine Bedeutung hatten. »Lasst schiessen« hiess für die damalige Bevölkerung, dass das Wild nicht nur für die königliche Entourage, zum Pläsier, sondern auch für sie die unterdrückten Untertanen als Nahrungsquelle da waren, hiess das so viel, dass der gute Andreas Hofer die Untertanen zur Wilderei anstiftete. Ja sie im Namen der Gerechtigkeit legitimierte. Resignierend liess sich dann Andreas Hofer der achte in seinen Sessel zurücksinken und erzählte die Geschichte zu Ende und es war kein gutes. Wie auch, die Adeligen nahmen ihn gefangen und liessen ihn in Mantua hinrichten.

Noch heute, und da kam noch einmal glühender Eifer in seine Erzählkunst auf, gibt es ein Volkslied zu seinen Ehren. »Wer kann es?« Natürlich kannten wir es alle, schliesslich hatten wir die Geschichte schon zum x-ten Mal gehört aber keine Hand rührte sich.

Langsam ging es an die Berufswahl. Ein Kriterium bestand darin ein Stück Draht so zu biegen, dass er der Vorlage, die auf der Tafel gezeichnet war, möglichst gleich oder ähnlich war.

Schüler, die diese Aufgabe erfüllten galten als technisch begabt, die anderen galten als technisch unbrauchbar. Du darfst raten zu welchen ich gehörte. Richtig zu den unbrauchbaren. Ich wollte Koch lernen, aber Kochlehrstellen waren rar. So ergab es sich, dass unsere Tante Milli, die in der Konditorei Binder am Dietrichsteinplatz als Haushälterin arbeitete, zu Besuch kam. Wie das so ist, ein Wort ergibt das andere. Der Binder war auf der Suche nach einem Lehrling. Milli vermittelte und so wurde aus dem Koch ein Konditor. Das ist ja nicht so weit daneben und überhaupt und ausserdem.

Und sei froh, dass du überhaupt was findest. Ob ich froh war, weiss ich eigentlich nicht mehr so genau. Tatsache jedoch ist, dass ich gefallen an dem Zuckerbäcker Beruf fand. Voller Enthusiasmus wollte ich das neu erlernte gleich zu Hause zeigen, wenn ich den Tisch für den Blätterteig mehlte, tat ich es mit solchem Schwung, dass auch gleich die ganze Eckbank weiss war.

Papa achtete akribisch darauf, dass der Apfelstrudel auch süss genug war. Endlich wurde mein Tun geschätzt und es gab Lob, wenn etwas besonders gut gelang.

Im Lehrbetrieb hingegen gab es nach wie vor Kopfnüsse für alle möglichen Dinge, berechtigte und unberechtigte. Eine meiner Arbeiten im ersten Lehrjahr war das Waschen des Geschirrs. Eine mühsame Arbeit, weil der Berg an Schüsseln, Kesseln und Rührwerkzeug beinahe so hoch war wie ich gross.

Und es konnte schon zwei Stunden dauern bis ich damit fertig war. Eines Morgens, ich war gerade mit dem Geschirr im Laden beschäftigt, das auch zu meinem Aufgabenbereich gehörte, läutete das Telefon. Der Lehrmeister befahl mir den Hörer abzuheben was ich auch tat. Ich hörte die Stimme auf der anderen Seite, brachte selbst aber keinen Laut hervor. « Wer ist es?» fragte er, « Ich weiss es nicht.» Blöder Bauernschädl war noch etwas vom freundlichsten was ich daraufhin zu hören bekam.

Dennoch beschäftigte mich die Situation.

Langsam kam ich in die Pubertät, mein Interesse am anderen Geschlecht erwachte. Ja natürlich hatten wir im letzten Schuljahr eine Stunde Aufklärungsunterricht und wurden mit den unterschiedlichen äusseren Merkmalen von Männchen und Weiblein vertraut gemacht. Aber was im Kopf im Bauch und in der Hose abging davon war keine Rede.

Eines Tages bekamen wir eine neue Vorarbeiterin. Sie war nur unwesentlich älter als ich. Es war ihre erste Stelle nach der Lehre.

Walpurga hatte die Buben gern und es dauerte auch nicht lange bis der Oberlehrling, der gleich alt war, wie sie und die beiden ein Techtl Mechtl anfingen.

Der Oberlehrling aber, ich glaube er hiess Herbert, hatte schon Erfahrungen mit Mädchen gehabt, das sagte er zumindest. Er war einer aus dem Triester Hieb, die Wohnsiedlungen neben der Karlau. Seine Umgangsformen waren nicht immer die feinsten. Ich war hin und weg von ihr. Meine romantischen Schwärmereien waren genau das Gegenteil, von dem wie er mit ihr umging. Ich verstand nicht, warum sie es sich gefallen liess. Um ihn eifersüchtig zu machen durfte ich ihre Brüste streicheln. Ich war wie betäubt vor Glück, er gab ihr daraufhin eine

Ohrfeige, zog sie an sich und sie liess alles mit sich geschehen.

Natürlich konnte das nicht gut gehen. Es kam der Tag, an dem der Lehrmeister die beiden erwischte, sie musste auf der Stelle gehen.

Und schon wieder verstand ich nicht wer nun der Schuldige war. Doch Herbert fand ich. Der Lehrmeister klärte mich auf «Sie hätte ihm widerstehen müssen!» «Aha sie», ich getraute mich nicht weiter zu fragen. Sein kahler Kopf und sein Gesicht waren derart rot vor Wut, dass ich befürchtete er könnte platzen.

7. Brief

Der Lehrmeister hatte einen Sohn, der so hiess wie ich und so alt war wie ich. Eigentlich machte er seine Lehre als Konditor in einem anderen Betrieb. Aus irgendeinem Grund absolvierte er das letzte Lehrjahr daheim. Karli war ein lustiger Kerl, den Kopf voller Flausen. Zusammen heckten wir so manchen Streich aus. Endlich hatte ich jemanden der auch schuldig war, wenn wir erwischt wurden. Die Strafen fielen meist viel gnädiger aus. Noch heute fünfzig Jahre später haben wir Kontakt.

Das letzte Lehrjahr war ein gutes, ich freute mich so sehr darauf endlich als Erwachsener behandelt zu werden und ich tun und lassen kann was und wie ich es wollte.

Am Tag der Prüfung, ich brachte die vorgebebenen Mehlspeisen vom Lehrbetrieb in einer Kraxe aus Holz auf dem Rücken mit dem Fahrrad in die Innung. Da fuhr mich ein Klein-lastwagen an. Ich stürzte die Kraxe ging in die Brüche, meine Mehlspei-sen lagen auf der ganzen Strasse ver-teilt. Leute halfen mir dabei alles aufzulesen und in der Kraxe, die ich notdürftig reparieren konnte zu ver-stauen.

Meine Knie und meine Ellenbogen waren aufgeschunden, in der Hose ein Loch. Was tun? Ich beschloss weiter zur Innung zu fahren. Die Jury akzeptierte auf Grund meines Missgeschickes den Zustand meiner

Mehlspeisen, probierten ganz vorsichtig davon, befanden sie für gut und bestätigten, dass ich die Prüfung bestanden hätte.

Die Note war nicht einmal schlecht, allein es war mir egal, ich hatte bestanden und war nun Geselle, frei endlich frei.

Von jetzt an dachte ich kann ich tun und lassen was ich will und nur das zählte.

Aber erstens kommt es anders und zweitens, als man denkt. Ein Bleiben im Lehrbetrieb kam nicht in Frage. Vater sagte: «und jetzt?» «Jetzt suche ich mir eine Stelle», «und du meinst die haben auf dich gewartet?» Daran verschwendete ich keinen Gedanken, ich war Geselle, frei, konnte endlich Geld verdienen. Irgendeine

Konditorei wird doch wohl einen Jungkonditor brauchen. Meine Euphorie bekam jedoch einen ordentlichen Dämpfer. Aber es war wie so oft im Leben, wenn eine Türe zugeht geht eine andere auf.

Tante Meni und Onkel Franz besassen eine Mühle in Kalsdorf. Sie belieferten eine stattliche Anzahl Bäckereien in der Umgebung mit Mehl. Eine davon war eine Bäckerei am Griessplatz. Ein Betrieb mit sechs Bäcker Gesellen und drei Lehrlingen. Das Ehepaar war kinderlos, in die Jahre gekommen und deshalb auf der Suche nach einem geeigneten Nachfolger. Meine Tante fand, dass ich doch der geeignete Kandidat wäre und stellte den Kontakt her.

«Ich bin aber Konditor» wandte ich ein.

«Ach was, Paperlapapp. Bäcker ist ein verwandter Beruf. Das kriegst du schon hin.»

Der Gedanke jeden Morgen um vier Uhr aufzustehen riss mich nicht gerade zu Begeisterungsstürmen hin. Aber ich wollte nicht undankbar sein und versuchte mein Glück als Kronprinz.

Morgens um vier trat der Alte gegen die Tür begleitet von einem: «Steh auf du faule Sau!» Ich nenne ihn bewusst den Alten, denn er war ein Griesgram der besonderen Sorte. Vermutlich hatte er starke Schmerzen, denn er hinkte stark und zog das linke Bein am Boden schleifend hinter sich her. Dem Oberbäcker Joschi `s «Guten Morgen Chef» quittierte er mit einem: « Halt`s Maul». Mittags, wenn die anderen duschten und zum Essen gingen musste ich noch Kohle für den nächsten Tag aus dem Keller holen. Zehn Kraxen voll, der Alte sass auf einem Stuhl an der Kellertüre und kontrollierte, ob die Kraxen auch schön voll waren.

Danach durfte auch ich mich duschen und Essen gehen. «Um vier Uhr bist du wieder in der Backstube».

Als ich vor dem Duschraum stand kamen die Chefin und Joschi zur Türe heraus. Ich dachte mir nichts dabei. Erst am nächsten Morgen als Joschi ganz nahe an mich herantrat und mir drohend in seinem unverkennbar Jugoslawischen Dialekt

«Du Gosche halten sonst Zähne kaputt» zuraunte wusste sogar ich, der mit solchen Dingen noch nicht so sehr vertraut war, dass die gestrige Begegnung in der Dusche nicht ganz koscher war.

Wie auch immer ich hatte andere Probleme. Das Abendessen, das ich wie gewohnt an einem kleinen runden Beistelltisch im Entree zwischen Mänteln und Regenschirmen einnahm, wurde von der Haushälterin gebracht.

8.Brief

Es gab wie immer abgemachte Braunschweiger mit viel Zwiebeln dazu, ein grosses Glas Milch und Brot. Konnte ich durch die nur angelehnte Tür hören, immerhin war ich ja schon fast ein Familienmitglied, dass die beiden einen Streit hatten, der immer heftiger und lauter wurde.

Es ging um eine Mehlbestellung, die nicht angekommen war und wir am nächsten Tag nicht teigen konnten, weil zu wenig Mehl vorhanden war. Sie verteidigte sich,

«Wenn diese blöde Kuh, die am Telefon das Datum verwechselt hat, was kann ich dafür» Der Alte erwiderte «Du musst halt früher bestellen, es ist immer das gleiche mit dir, du hast nur noch den Jugoschwanz im Kopf.»

Das war heftig, sie schwieg.

Nun muss ich dazu sagen, dass die blöde Kuh am Telefon der Mühle meine Mutter war, die seit Vater so krank war, dass er nicht mehr in die Fabrik konnte, jeweils vormittags in der Kanzlei der Mühle arbeitete. Um sicher zu gehen, trat ich ins Wohnzimmer und fragte sie ob sie von meiner Mutter rede «natürlich du dummer Hund, von wem denn sonst.» In dem Moment war mir klar, dass ich diesen Zustand beenden werde. Bäckerei hin oder her, ich würde diese Leute nie mögen, genau so wenig wie sie mich. Zudem hatte der Zustand hier nichts mit

Freiheit eher schon mit Leibeigen-schaft zu tun. Das konnte es nicht sein, das wollte ich nicht.

Das alles ereignete sich am Don-nerstag. Samstag war der einzige Tag, an dem ich um zwei Uhr nach-mittags Feierabend hatte und nach Hause nach Fernitz fuhr.

Am Samstag nahm ich wie immer meinen Zahltag entgegen, alle meine Habseligkeiten waren im Koffer, der Alte warf einen Blick darauf sagte aber nichts. Mein Herz klopfte wie wild, an der Tür drehte ich mich zu ihm um und sagte « Nur dass sie es wissen, ich komme nicht mehr zu-rück.» Regungslos sah er mich an. Ich hätte genauso gut «Heute ist schlechtes Wetter» sagen können. Dann schloss ich die Tür und ging in Richtung Bushaltestelle.

Ich weiss noch, ich fühlte mich gut, stark endlich hatte ich den Mut gehabt für meine Freiheit einzustehen.

Was nachher kam war weniger erfreulich. Ich sah mich konfrontiert mit Vorwürfen seitens der Eltern und der Verwandtschaft.

«Ich müsste das nicht so ernst nehmen diese Leute sagen halt schon ab und zu einmal etwas unbedachtes». Und was für eine Chance ich da verpasse und ich solle es mir doch noch einmal überlegen.

Es gab nichts zu überlegen. Ich wusste, wenn ich jetzt klein beigebe, würden sie, Familie und Verwandtschaft über mein

Leben bestimmen. Ich musste Arbeit finden, und zwar auf der Stelle.

Tags darauf fuhr ich nach Graz und klapperte alle mir bekannten Konditoreien ab, die beste Adresse hielt ich mir für den Schluss auf.

Und was soll ich dir sagen? Genau dort bekam ich Arbeit. Die Konditorei Strehly an der Sporgasse war die angesagteste Adresse. Es war Ende November die Weihnachtszeit stand bevor, da wurden Leute gebraucht. Daheim wollte mir niemand glauben, dass ich in der besten Konditorei Arbeit gefunden hatte.

« Na ja du wirst schon sehen » Als ich am darauffolgenden Montag am Dienstag und auch am Mittwoch in aller Frühe mit dem Fahrrad nach Graz fuhr glaubten sie mir.

Papa Strehly, er wollte, dass wir ihn so nennen, war ein stattlicher

Mann sicher gegen zwei Meter gross und 140 kg schwer. Warum ich das weiss? Onkel Franz war von ähnlicher Statur und er wog 140 kg, das wusste ich. Er hatte einen mächtigen Bauch und weil er seine Schürze bis knapp unter die Brust trug sah er noch mächtiger aus. Heimlich nannten wir ihn Rübezahl.

Wie ein Feldherr schritt er die Hände auf dem Rücken verschränkt die Posten auf und ab, dabei erzählte er von Schweden, wie gut dieses Land und seine Leute sind. Er erzählte von seinem Aufenthalt, wie viel er doch gelernt und wie gut er verdient hätte.

Den Lohn, den er hingegen zahlte, war alles andere als aussergewöhnlich. Aber ich konnte viel lernen, seine Backstube war gut organisiert, in der Mitte stand ein grosser Marmortisch, das war Walhalla. Dort wurden Torten gefüllt glasiert, dekoriert, es fehlte an nichts. Auf der einen Seite des Tischs war der Anschlagposten. Dort wurden all die Torten, Cakes, Rouladen vorbereitet, bevor sie in den Ofen zum Backen gingen. Daneben war der Teigposten, ein älterer Mann sorgte für Stücke aus Blätterteig, Hefeteig, Plunderteig, dann kam mein Posten, es war der Teegebäckposten. Auf der anderen Seite des Marmortisches wurden Cremen und Pralinen hergestellt. Am Posten nebendran wurde Zucker gezogen und Caramel verarbeitet.

So viele Dinge kannte ich nur theoretisch aus der Berufsschule.

Wie gesagt es war ein vorbildlich organisierter Betrieb, in dem ich viel lernen konnte. Nur dass ich nicht die Möglichkeit bekam an einem anderen als an dem für mich vorgesehenen Teegebäckposten zu arbeiten.

Versuchte ich einem anderen zu helfen wurde ich verscheucht wie ein junger Hund. Papa Strehly kam dann zu mir legte seine ungeheure Pranke auf meine Schulter und sagte: «Alle Neulinge fangen auf diesem Posten an.» Also ging ich wieder zurück drehte kleine Brezel, Vanillegipfel füllte Makronen und dekorierte vor dem Backen Pertikus mit kandierten Früchten. Nach und nach gewöhnte ich mich daran. Ich versuchte mich mit dem Mann am Teigposten neben mir anzufreun-

den, von ihm mehr über die Hierar-
chie zu erfahren. Warum jeder so
verbissen an seinem Posten festhielt
war: «Geh weg» oder «geht dich
nichts an», was ich auf meine Fragen
zu hören bekam.

Dann eines Tages, es war im Um-
kleideraum sagte er zu mir: « Du
willst wissen warum?» Ich nickte, er
begann: «Also, um an den Marmortisch zu kommen musst du einen
Posten nach dem anderen gemacht,
oder ein Günstling vom Chef sein.»
«Das dauert ja ewig« sagte ich « Ja so
ist es. Um dort hin zu kommen
musst du an mir vorbei, in fünf Jahren werde ich pensioniert, und so
lange gibt es für dich kein Vorbei-
kommen.» Er lachte gequält, un-
freundlich.

9. Brief

Ich sass noch eine Zeitlang auf der Bank und schaute ins Leere.

Gut, auch wenn die Bezahlung nicht grossartig war so war doch die Arbeitszeit von sechs Uhr morgens bis zwei am Nachmittag sehr angenehm. Auf meinem Heimweg schaute ich im Libenauer Stadion den Sportlern zu, kaufte mir in Dörfla ab und zu eine Banane und war nicht unzufrieden.

Eines Tages fasste ich meinen ganzen Mut zusammen und ging zu Papa Strehly ins Büro. Ich sagte ich hätte gerne mehr Lohn, er schüttelte verneinend den Kopf, ich versuchte zu argumentieren, wenn ich schon auf meinem Teegebäck Posten versauern musste, dann sollte es sich wenigstens auszahlen.

Was dann kam war die alte Leier von Undankbarkeit usw. Ich kannte es inzwischen auswendig, denn Papa Strehly hielt uns täglich vor wie gut es uns ginge und wie wir alle zehne abschlecken sollten in so einem tollen Betreib arbeiten zu dürfen.

Irgendwie hatte ich mir das Erwachsen sein anders vorgestellt, ich hatte Respekt erwartet. Ich weiss, dass das vermessen war, da ich ja noch nichts als meinen Gesellenbrief vorzuweisen hatte mit meinen siebzehn Jahren. Als ich dann noch erzählte, dass ich der Gewerkschaft beigetreten bin war es mit seiner gespielten Gutmütigkeit vorbei, von nun an nannte er mich nur noch Bolschewiki, Zigeuner und Pharisäer.

An Beleidigungen und Erniedrigungen war ich ja schon gewöhnt, trotzdem fühlte ich mich ohnmächtig, weil ich nicht begriff was da vor sich ging. Was war falsch an der Gewerkschaft? Was war falsch daran, wenn ich beruflich Interesse zeigte, aber nur auf Ablehnung stiess? Wie sollte aus mir ein guter Konditor werden? Denn das wollte ich. Aber immer stiess ich auf Ausgrenzung, man gab zu verstehen, dass ich ein Rivale war, das war lächerlich. Meine Vorstellung beruhte auf Zusammenarbeit, Austausch da ich immer noch pubertierte war vieles unverständlich für mich. Ich hatte so viele Ideale und landete in der Realität. In meiner jugendlichen Euphorie konnte ich das noch nicht abschätzen.

Papa erklärte mir, dass es niemanden interessiere was ich will. Dass ich mich der Gewerkschaft angeschlossen hatte fand er gut, er war durch und durch ein Roter. Auch wenn er politisch nicht aktiv war so war er doch ein überzeugter Sozialdemokrat und Realist. Einer seiner Sprüche war «Wer in einem Jankerl geboren ist, kommt nie zu einem Rock.» Er akzeptierte seinen sozialen Status, er hatte keine Ambitionen mehr zu sein, das fand er nicht erstrebenswert. Er bekämpfte die andere Seite nicht aber sympathisierte auch nicht mit ihr. Sein Wahlspruch «Wir sind wir und die anderen sind die Anderen» basta. Dass es den Seinen gut geht war ihm wichtiger als irgendein öffentliches Amt.

Eines Tages zeigte er mir ein Inserat aus der Zeitung «Gesucht, Jungkonditor im Café Restaurant Winkler in Salzburg.»

Ohne viel zu überlegen bewarb ich mich schriftlich. Etwa eine Woche später rief Papa Strehly laut in die Backstube «Weichhart, Telefon» Telefonieren während der Arbeitszeit war tabu, ausser es handelte sich um einen Unfall oder einen Todesfall.

Mit weichen Knien ging ich in Richtung Büro. Ich fühlte, dass alle Augen auf mich gerichtet waren. Aber es war nichts Negatives, im Gegenteil es war die Personalchefin vom Cafe Winkler in Salzburg. Ich musste mich erst einmal fangen, damit hatte ich nicht gerechnet. Schon eher hatte ich eine schriftliche Benachrichtigung erwartet. Ohne Umschweife sagte sie mir, dass sie mich gerne anstellen würden, es gäbe da nur ein kleines Problem. Ich müsste zwei Wochen früher als inseriert meine Stelle antreten. Papa Strehly sass an seinem Schreibtisch und äugte argwöhnisch. Ich telefonierte im Stehen, ihm genau vis a vis. Ich versprach mein Möglichstes tun, der Vertrag sagte sie weiter würde mir schriftlich zugestellt, ohne dass ich fragen musste sagte sie mir dann wieviel ich verdienen würde. Es war dreimal so viel, wie jetzt. Am liebsten hätte ich laut aufgeschrien. Als ich auflegte sagte Papa Strehly, dass er bereit wäre meinen Lohn leicht zu erhöhen. Ich schüttelte den Kopf und sagte ihm, dass ich kündige. Die darauffolgende Schimpftirade war saftig. Er war derart böse, dass er mich am darauffolgenden Wochen-ende auszahlte und mir noch eine Arbeitsbestätigung für die verbrach-ten sechs Monate, geschrieben auf einem halben A 4 Blatt, wie sie als Lieferscheine gebraucht wurden in die Hand drückte. Mit den Worten, mich nie mehr hier blicken zu lassen, verabschiedete er mich schliesslich.

Allein es war mir egal. Ich hatte das Gefühl Papa Strehly eine Nie-derlage beigebracht zu haben. Das tat ausserordentlich gut.

Beim Kastner und Öhler kaufte ich einen Koffer und lud ihn auf mein Fahrrad und fuhr nach Hause.

Ich weiss noch, wie gut ich mich fühlte.

Als ich nach Hause kam fragte mich Mama was ich mit dem Koffer will. «Ich gehe nach Salzburg.» «Kommt überhaupt nicht in Frage.» Papa aber unterstützte mein Vorhaben. So kam alles wieder ins Lot. Als ich mit meinem Koffer in den Zug nach Salzburg stieg hatte ich schon ein mulmiges Gefühl. War es die richtige Entscheidung?

10. Brief

Was würde mich erwarten würde ich bestehen können? Der Zweifel ob ich es richtig ist, ich die richtige Entscheidung getroffen habe, ist ein ständiger Begleiter geblieben. Aber der Gedanke endlich richtig Geld zu verdienen brachte mich damals wieder in die Spur.

Gierig saugte ich die Bilder auf, einer mir fremden Landschaft, an denen der Zug vorbeihuschte. Vom Bahnhof aus nahm ich den Bus in die Innenstadt, eine halbe Stunde später stand ich am Lift, der mich auf den Mönchsberg, ins Restaurant Winkler brachte. Eine adrette Dame, es stellte sich heraus, dass es dieselbe war die mich beim Strehly anrief, empfing mich freundlich. Ein Hausangestellter brachte mich in den Turm das Personalhauses, auf der Rückseite des Areals. Dann erklärte sie mir, es sei nur vorübergehend, in etwa 2 Wochen würde ich in einer Wohnung in der Stadt untergebracht. Danach führte sie mich durch das noch geschlossene Restaurant, zeigt mir die Küche, die Konditorei, die riesige Terrasse, Ich konnte nur staunen, die Anlage war riesig. Allein die Terrasse bot Platz für dreihundert Gäste daneben das Restaurant welches zweihundert Gästen Platz bot, mit einer Bühne, die bei schönem Wetter in Richtung Terrasse geöffnet werden konnte. Am Ende befand sich ein Anbau, der durch sein grosses Fenster auffiel. Das ist das Büro des Chefs erklärte sie mir. Von hier aus hat er den Überblick über die ganze Anlage.

Auf dem Weg zurück begegneten wir einem grossen Mann mit breitem Kinn und markanter Nase. Sie stellte ihn mir vor

«Das ist ihr Chef, Ernst van der Dellen.» Ich staunte nicht schlecht, ein Adeliger. Ich schüttelte seine Hand und stellte mich vor.

«Also dann wollen wir mal.» Wir gingen durch die Küche, im hinteren Teil befand sich die Konditorei. Hier sagte man Patisserie dazu. Es war ganz anders eingerichtet als der Betrieb, in dem ich zuvor gearbeitet hatte. Auf der einen Seite Tische, gegenüber die Rührmaschinen, Backformen und allerlei Werkzeug, Schwingbesen, Rührkellen usw. Von allem gab es reichlich und auch ein wenig grösser als ich es gewohnt war. Hinten an der Wand in der Mitte der Ofen, links und rechts davon grosse Wagen, sogenannte Rechen in denen sich unzählige Bleche stapelten, links die zu backenden, rechts die gebackenen Tortenböden, Cakes, Mürbeteigböden. Alles gebackene wurde rechts eingeordnet.

Dem Ofen gegenüber in etwa fünf Meter Entfernung die Eismaschine. Dahinter ein grosses Fenster mit Blick auf das Personalhaus, dem Turm. Die erste Woche arbeiteten nur wir beide. Wahrscheinlich war das der Grund, dass mir alles überdimensioniert erschien.

Zwei Wochen später waren wir etwa vierzig Köche, sechs Konditoren, Abwäscher, Kaffeeköchinnen, unzählige Kellner, Musiker. Alles was es für einen Betreib dieser Grössenordnung brauchte. Es war wie in einem Ameisenhaufen, jeder wusste was er zu tun hatte. Ich fühlte mich grossartig, auch wenn ich nur ein ganz kleines Rädchen war. Hier war nichts von Konkurrenz zu spüren, die Räder griffen ineinander die Positionen waren bezogen.

Bereits am zweiten Tag erklärte mir mein Chef, dass mein Name von nun an «Moses» sei. Auf meine Frage nach dem warum erklärte er mir: «Moses heisst der jüngste Matrose auf dem Schiff und das bin nun einmal ich.» Ich hatte zu gehorchen, wenn mich einer rief. Andererseits stehe ich unter dem persönlichen Schutz des Kapitäns, das war er.

11. Brief

Er wurde mein Mentor. Er erklärte mir welche Bücher ich lesen sollte. Welche Ausdrücke ich unterlassen sollte, «Lesen ist die Bildung der Proleten» sagte er und «Du» fügte er hinzu «Riechst noch nach Kuhstall, also tu was für dich, ein bisschen Kultur kann nie schaden. Du bist in Salzburg, Kultur findest du hier an jeder Strassenecke.» Das war für mich eine neue Erfahrung. Ein Vorgesetzter, der mich ernst, vollwertig nahm. Ich war siebzehneinhalb, das war Balsam. Keine Zweifel keine Angst, Gedanken ob ich es schaffen würde, stattdessen Freude, Euphorie.

Als die Festspiele anfingen ging es richtig los. Ich musste dem Chef beim Torten schneiden helfen, an guten Tagen verkauften wir fünfhundert Stück Torten und Cakes. Während der Festspielzeit war meine Arbeitszeit von vier Uhr nachmittags bis morgens um eins, es konnte auch zwei werden. Allein es war mir egal, es wartete niemand auf mich. Es konnte vorkommen, dass ich zwischen zehn Uhr abends bis morgens um eins hundert Portionen Salzburger Nockerl machen musste. Vorher half ich am kalten Buffet, schöpfte Salat auf die Teller Schmuckbehangener Damen mit schwindelerregenden Dekolletees, langen Handschuhen, hoch toupierten Frisuren versehen mit Diade-

men, Herren im Frack oder Strese-
mann mit weissen Schals. Mehr als
einmal stiess mich ein Kochkollege
an, weil ich mich in dieser Welt des
Glamours verlor. Ich war ja nur eine
Tischbreite entfernt von all der
Schönheit, dem Reichtum, den wunderbaren Düften schwerer Parfüms
und doch waren es Lichtjahre. Ein
Lakai wie ich hatte nichts Vergleich-
bares gesehen oder erlebt und wenn
ich auch auf der falschen Seite stand
fühlte ich mich glücklich, denn immerhin war ich ein Teil dieser Auf-
führung. Ich der kleine pubertie-
rende Junge aus der Südsteiermark,
der immer noch ein wenig nach
Kuhstall roch, aber schon viel weniger, wie es mir schien.

Die Stadtwohnung teilte ich mit zwei deutschen Köchen, Die Wohnung lag etwa eine halbe Stunde entfernt, auf der Rückseite des Mönchsberges. Es war Frühling, das Laub spriesste ich fühlte mich rundum wohl. Eines Tages fragte mich ein Arbeitskollege ob es sehr warm in unserer Wohnung sei, wo doch meine beiden Mitbewohner warme Brüder seien.

Es war mir nicht entgangen, dass die beiden viel Spass miteinander hatten. Ich dachte mir nichts weiter dabei, im Gegenteil ich fand es gut so fröhliche Mitbewohner zu haben. Ich glaube die beiden waren so verliebt, dass sie mich gar nicht wahr nahmen. Als Arbeitskollegen waren sie angenehm, also viel Lärm um nichts.

Ich half auf jedem Posten, wo gerade ein Engpass war wurde ich eingesetzt der Vorteil dabei war, dass ich mit der Zeit über alle Torten, Kuchen, Cakes, Cremen Bescheid wusste. Meine Hauptaufgabe war dafür zu sorgen, dass immer zwanzig Mürbteig Böden vorhanden waren. Ich half dem Chef beim Tortenschneiden und beim Vorbereiten der Tablare, auf denen die Mehlspeisen angerichtet wurden. An starken Tagen verkauften wir bis zu fünf hundert Stück Mehlspeisen, das brauchte Planung bei der Vorbereitung, beim Produzieren, Rezepte mussten errechnet werden. Die tägliche Materialausgabe war der reine Spiessrutenlauf, wenn am Morgen was vergessen ging musste ich nach-

mittags zur Gouvernante und sie darum bitten mir den fehlenden Staub-
zucker oder Marmelade heraus zu
geben. Sie war eine Steirerin und sah
aus wie Tante Milli, klein und unter-
setzt aber mit Haaren auf den Zäh-
nen.

Sie mochte mich nicht besonders,
ich glaube sie mochte niemanden.

Der Besitzer war ein Deutscher
knapp einen Meter sechzig gross
und unberechenbar. Als ich ihn das
erste Mal mit seiner Frau sah, dachte
ich sie wäre seine Tochter. Ein «halt
die Klappe» hielt mich davon ab
weitere Fragen zu stellen. Es gab
Tage da krempelte er seine sonst
perfekt sitzenden Manschetten bis
zu den Ellenbogen zurück und
durchsuchte die Saukübel und wehe

er fand ein Stück Fleisch, das offensichtlich weggeworfen wurde. Wie sich herausstellte war er immer dann, wenn seine Frau ihn versetzte speziell aggressiv. Tags darauf sah man seine Frau mit grosser Sonnenbrille durch die Anlage laufen. Eines Abends es war schon weit nach Mitternacht läutete das Telefon in der Backstube, er war es, er sagte mir ich solle ihm eine Stück Käse Sahnetorte in sein Hotel, es lag unten in der Stadt, bringen.

Als ich erwiderte, dass es wohl eine Stunde dauern würde bis ich bei ihm im Hotel bin, sagte er wütend «Dann nehmen sie ein Taxi» eine halbe Stunde später stand ich mit der Torte vor seinem Hotel. Der Portier nahm sie mit den Worten:

«Er ist schon ins Bett gegangen» ent- gegen. So fuhr ich mit dem Taxi wie- der zurück. Na ja, dachte ich ist ja auch nicht schlecht, eine nächtliche Taxifahrt durch Salzburg. Ansons- ten sah ich ihn kaum.

Inzwischen hatte ich mich mit ei- nigen Köchen angefreundet hin und wieder gingen wir ein Bier trinken. Mein Stammlokal aber war eine Bar mit live Musik, die bis vier Uhr mor- gens offen hatte. Es trafen sich dort viele Gastgewerbler, aber vor allem Musiker die manchmal nach ihrem Feierabend die Trompete, Cornet, Posaune oder Klarinette noch ein- mal auspackten und mit den beiden Musikern auf der Bühne improvi- sierten.

12. Brief

Oft wünschte ich mir diese Momente dürften nie vergehen. Eines Abends lernte ich Helga kennen, ich war kein besonders guter Tänzer, sie übrigens auch nicht, aber die Musik war so gut, so mitreissend, dass es einem schwer fiel ruhig sitzen zu bleiben.

Als wir das Lokal verliessen fragte sie mich ob ich noch zu ihr kommen würde.

So kam ich ohne viel Romantik, das hatte ich es mir so nicht vorgestellt, zu meiner ersten Liebesnacht. Durch eine finstere Küche vorbei am schnarchenden Grossvater. «Der hört eh nichts» in ihr Zimmer. Noch beim nach Hause laufen war mir schwindelig und das Gefühl hielt auch tags darauf noch an.

Die beiden nächsten Tage kam sie nicht in die Bar. Ich wurde unruhig, am dritten Tag war sie endlich wieder da. Sie verhielt sich so abweisend, dass ich fragte ob ich irgendetwas falsch gemacht habe. Dann sagte sie, es dürfe sich nicht wiederholen, sie habe einen Freund, einen Lastwagenfahrer, der jede Woche nach Deutschland fährt. Allerdings sei er noch verheiratet, aber er würde sich scheiden lassen und sie dann mitnehmen nach Deutschland, um dort mit ihr ein neues Leben anzufangen. Und weisst du was? ich habe es ihr geglaubt. Die Geschichte war so romantisch und ich so empfänglich für Liebestaumel. Ich ging immer wieder in die Bar, aber ich sah sie nie mehr.

Ein eigenartiges Gefühl blieb jedoch zurück. Ich wusste nicht so recht, wie ich dieses Erlebnis einordnen sollte. Aber schön war es allemal.

Juli, August war Hochsaison, es gab keinen freien Tag. Das Leben bestand nur aus Arbeit. Dann passierte eigenartiges, die drei älteren Konditoren wollten mehr Lohn, da sie das nicht bekamen kündigten alle drei miteinander und sie wurden kurzerhand durch drei Köche ersetzt. Auf einmal war ich nach dem Chef der zweite Konditor und musste die Köche einweisen. Aber es kam noch besser, eines Tages, es war Mitte September, kam der Chef Konditor

nicht zur Arbeit. Die kleine steiri-
sche Gouvernante erschien und
sagte mir, ich solle auf der Stelle mitkommen. Sie führte mich ins Aller-
heiligste das Büro des Besitzers.
Dort sass er der kleine Mann hinter
einem riesigen Schreibtisch und bot
mir ihm gegenüber Platz an. Ohne
Umschweife fing er an zu reden «Ihr
Chef Herr van der Dellen ist für einige Tage abwesend. Sind sie in der
Lage den Betrieb in der Konditorei
aufrecht zu erhalten, bis er wieder
zurück ist? Sie bekommen jede Un-
terstützung aus der Küche» Meine
Frage was passiert ist liess er unbe-
antwortet. «Ja oder nein?» ich be-
jahte. «Gut, es soll ihr Schaden nicht
sein» den Bonus habe ich allerdings
nie gesehen.

So jetzt bist du Chef dachte ich auf dem Weg zurück, jetzt machte es sich bezahlt, dass ich mich auf jedem Posten auskannte.

Eine Woche später war van der Dellen zurück. Als erstes musste er für ein langes Gespräch ins Büro. Ich stellte keine Fragen, sein Gesichtsausdruck verbat es mir. Später erzählte er, dass er auch mehr Lohn gefordert hatte, die viele Arbeit schien dies zu rechtfertigen. Herr Winkler drohte ihm ihn zu verklagen, weil er gegen die Vertragsbestimmungen verstossen hatte.

Mittlerweile kannte ich mich recht gut aus in der Stadt. Ich sah mir alles an Schloss Mirabell, Schloss Heilbronn, die Felsenreitschule, den Dom, die Pferdeschwemme. Ich ging weiss Gott wie oft durch die

Getreidegasse ich war frei, konnte tun und lassen was ich wollte.

Helga hatte ich erstaunlich schnell vergessen bis mir eines Tages jemand eine Postkarte brachte, sie kam aus Köln.

13. Brief

Die Anschrift werde ich wohl nie vergessen « An Herrn Karli, Konditor, Café Winkler, Salzburg. «Bin gut angekommen, es geht mir gut liebe Grüsse Helga».

Als ich die Karte in der Hand hielt konnte ich noch einmal den Zauber und dieses eigenartige Gefühl von Schwindel fühlen. Es gibt eine rationale Erklärung für den Schwindel, aber das wusste ich damals noch nicht. Das, in der Lunge verbleidende Rest Monoxid kann sich bei starken Emotionen freisetzen und den Schwindel auslösen, na also da haben wir die Erklärung. Und dann brach es doch durch, dieses Warum.

Ja warum ist mit Helga alles so gelaufen, mal hypothetisch hättest du mir als Frau, als Schwester beantworten können was ich nicht verstand? Es ergab sich, dass ich mit zwei Köchen öfter ein Bier trinken ging und es entwickelte sich so eine Art Freundschaft, wie das halt in der Saison so ist. Gegen Ende der Saison fragte mich Rolf Aschmann, ein Deutscher, ob ich schon was für den Winter habe. Er jedenfalls gehe in ein fünf Sterne Hotel in den Schwarzwald und Fritz Rechberger, das war der andere der beiden käme auch mit. Und falls ich möchte, könnte er mich empfehlen. Und ich sagte zu. Arbeitsbeginn fünfter Dezember im Hotel Waldlust in Freudenstadt. Es war Ende Oktober als ich Salzburg in Richtung Fernitz verliess. Ich fragte Herrn van der Dellen noch ob er nächstes Jahr wiederkäme, er verneinte. Also lagen vier arbeitsfreie Wochen vor mir. Irgendjemand erzählte mir, dass ich der Zwischensaison stempeln könnte, was ich dann auch tat. Als ich aber beim Stempeln mehr verdiente als Papa beim Arbeiten, war ordentlich Feuer unter dem Dach. Eine Eigenschaft von Papa war es sich masslos aufzuregen zu poltern, aber er kam auch schnell wieder herunter. Es war nicht mein Fehler, es war der des Systems. Es war nicht gerecht, aber was ist schon gerecht?

Eine Woche vor meiner Abreise bekam ich den Stellungsbefehl. Ich erklärte Papa, dass ich nicht ins Militär gehe. Ich war und bin nach wie vor überzeugter Pazifist.

Erstaunlicherweise akzeptierte er meine Einstellung, ohne dass ich mich rechtfertigen musste. Wir kamen überein den Brief mit der Bemerkung «Auslandaufenthalt» am Tag meiner Abreise nach Deutschland, zu retournieren. Damit war die Sache erledigt. Erst Jahre später als ich den Pass verlängern musste, wurde ich auf die österreichische Botschaft nach Bern zitiert. Der Beamte wollte Druck aufsetzen, appellierte an meine Ehre hielt mir einen Vortrag über die Pflicht für mein Vaterland. Als er fertig war fragte ich ihn ob ich muss, er verneinte. «Also dann nur verlängern.»

Damit war die Sache erledigt, ich bekam nie mehr eine Aufforderung mich zu stellen.

«Aber» fügte er noch hinzu ich dürfe mich bis dreissigjährig nicht länger als drei Wochen in Österreich aufhalten. Falls doch und mich jemand anzeigen würde, wäre alles hinfällig. Ich hielt mich daran und das klappte perfekt.

Mit den beiden Köchen traf ich mich in Salzburg. Wir nahmen den Zug nach Stuttgart, Baden–Baden, Freudenstadt.

Obwohl erst Anfang Dezember war es bereits tief verschneit. Die Personalzimmer befanden sich in einem Barackenartigen Bau, etwas abseits im Wald. Nachts hörte man

Hirsche röhren. Die riesigen verschneiten Tannen gaben dem Ganzen einen romantischen Anstrich. Es war so kalt, dass die Nasenlöcher einfroren. Trotzdem, die frische Luft war herrlich. Es hätte wirklich schön sein können wäre der Küchenchef nicht ein Despot gewesen.

Am langen Esstisch sassen wir unserem Rang entsprechend, an dem uns vom Sous Chef zugeteilten Platz. Reden durfte man nur wenn man gefragt wurde.

«So, so Österreicher seid ihr!» Der Chef nahm Fritz und mich zur Seite: «Euch werde ich es zeigen, ihr verdammtes Pack, meint wohl ihr könnt hier nach Deutschland kommen und euch vollfressen».

«Man muss den Leuten von Anfang an sagen, was man von ihnen hält» Pflegte er mit lauter Stimme zu seinem Freund, dem Oberkellner zu sagen. Und weisst du was, er war selbst Österreicher. Zudem war er Alkoholiker, den Schnaps trank er aus der Kaffeetasse damit es nicht so auffiel. In jedem Fall war er ein Zeitgenosse, mit dem nicht gut Kirschen essen war.

Immer wieder kam es vor, dass die ganze Mannschaft am Mittagstisch hinter dem Stuhl stehend darauf wartete, dass er sich endlich an seinen Platz setzen würde und wir essen konnten. Wehe dem, der versuchte sich hinzusetzen bevor der Chef sass. So standen wir immer wieder einmal hinter unseren Stühlen und schauten auf das dampfende Essen. Nach gefühlten zwanzig Minuten kam der Abwäscher, räumte das inzwischen kalte Essen ab und warf es in den Saukübel. Natürlich war das keine gute Idee Köche hungern zu lassen. Wir klauten was wir in die Hände bekamen und assen nachts auf unseren Zimmern. Der Chef Patissier, mein direkter Vorgesetzter hielt alles unter Verschluss, seine Rezepte, seine Messer, einfach alles was ihm privat gehörte. Da war es wieder dieses elende System von Neid, Missgunst, Wettbewerb nicht miteinander sondern gegeneinander.

Das Arbeitsklima war roh, die Sprache rabiat, ich tröstete mich mit dem Gedanken, dass die Saison oh-

nehin nicht lange dauern würde. Zurück nach Hause war keine Option,
irgendwie würde es schon gehen.

14. Brief

Und wie so oft, wenn du denkst es geht nicht mehr kommt von irgendwo ein Lichtlein her.

Nach Feierabend gingen wir meist in die Stadt, um uns zu betrinken. An diesem besonderen Abend schneite es ziemlich stark. Die Bäume, die das Hotel umgaben, sahen wunderschön aus, es war ganz still. Wir waren in aufgekratzter Stimmung. Am Ende des Parks stand ein beleuchteter Werbekasten. Hinter der Scheibe hing das tägliche Speiseangebot, dazu Fotos von den Zimmern. So eingeschneit sah es beinahe wie eine kleine Kapelle aus. Wutentbrannt fing Fritz der Koch an, den Kasten mit Schneebällen zu bewerfen. Als die Scheibe nicht nachgab, schlug er das Fenster mit der Faust kaputt. Dabei schnitt er sich die Pulsadern der rechten Hand auf. Das Blut spritzte wie ein kleiner Springbrunnen aus seinem Handgelenk. An diesem Abend hatten Fritz und der Küchenchef einen heftigen Streit, der bis in den Speisesaal zu hören war. Inzwischen war Fritz in Ohnmacht gefallen, wir brachten ihn zurück ins Hotel. Auf die Frage wie das passieren konnte, erklärten wir gemeinsam, Fritz wollte sich das Leben nehmen. Das hatte natürlich ein Nachspiel. Wir blieben hartnäckig bei der Suizid Version. Als Folge wurde der Küchenchef entlassen und der Sous-chef wurde sein Nachfolger. So kehrte doch noch Ruhe ein und der Rest der Saison war angenehm. Dennoch für mich war klar Deutschland ist kein guter Platz für mich, obwohl ich noch gute Angebote bekam. Nach dem Abgang des Küchenchefs ging auch der Chef Patissier. Wieder einmal wurde ich gefragt ob ich es mir zutrauen würde die Patisserie zu leiten. Natürlich wollte ich und es ging auch gut. Die Anforderungen waren anders als in Salzburg ich musste Cremen. Charlotten, Eisbomben Coupes machen, alles Sachen, die ich nur vom Hören sagen kannte. Ich besorgte mir die nötige Literatur und brachte mir die diversen Macharten selbst bei, was mir auch prompt ein Angebot für eine Sommersaison in der Eifel einbrachte. Ich lehnte ab, ich fand

Deutschland ist kein guter Boden für mich.

Fritz und ich hatten beschlossen nach England genauer auf die Kanalinsel Guernsey zu gehen. Ich weiss nicht mehr, wie dieser Kontakt zustande kam, aber die Aussicht am Meer zu arbeiten reizte mich ungemein. Schon als Junge träumte ich davon ans Meer zu fahren. Von Fernitz aus konnte man in Richtung Westen die Koralpe sehen. Ich fragte Papa einmal: « was ist hinter dem Berg?» «Das Meer« antwortete er und ich wusste sofort dort will ich hin und jetzt bot sich die Gelegenheit endlich ans Meer zu kommen.

Allein die Reise nach England könnte ein Buch füllen. Es begann damit, dass ein befreundeter Koch der auch nach Guernsey wollte, nicht wie vereinbart am Bahnhof in Karlsruhe erschien, was tun? Die Fahrt verschieben, auf ihn warten? Nach ihm suchen? Als der Zug einfuhr stieg ich mit einem Teil meines Gepäcks ein, ich hatte meine Entscheidung getroffen. Als ich ausstieg um den Rest zu holen fuhr der Zug an, danach konnte ich nur noch zusehen wie der Zug mit meiner Gitarre und einer Tasche davonfuhr. Ich ärgerte mich, dass ich mich so dumm angestellt hatte, eine Gitarre, eine Tasche, ein Koffer, zugegeben der Koffer war ziemlich schwer und auch der Grund warum ich nicht mit dem ganzen Gepäck auf einmal einstieg. Ein Bahnangestellter, der mich beobachtete erklärte mir freundlich, dass dies ein Europa Express sei und in jedem Bahnhof nur zwei Minuten anhält. Na Servus, er sah sich meine Fahrkarten an. Als erstes musste ich um Mitternacht in Hoek van Holland sein, da lief die Fähre nach Harwich in England aus. Er erklärte mir, wie ich sie trotzdem um Mitternacht erreichen würde.

Ich war erleichtert denn für die Fahrkarten hatte ich mein letztes Geld ausgegeben, ein kleiner Rest von etwa zehn Mark klimperte noch in meiner Hosentasche. Ich kann es abkürzen; ich erreichte die Fähre, bekam in Köln meine verlorengegangene Tasche samt Gitarre zurück und ging so beladen in Hoek van Holland auf die Fähre.

Du kannst dir nicht vorstellen wie erleichtert ich war. Ich übernachtete im Rauchersalon, das taten auch einige abgebrannte Musiker. Als sie mich mit meiner Gitarre sahen dachten sie ich wäre auch ein Musiker nahmen mich sofort in ihre Gruppe auf. Sprachbarrieren wurden durchs Musizieren aufgehoben. Als wir zusammen spielten merkten sie natürlich, dass mein Können beschränkt war, aber sie machten mir Mut ich würde es schon noch lernen. Auf jeden Fall war die Nacht sehr intensiv und ich fühlte mich ungemein gut.

Es war etwa sechs Uhr morgens als ich in Harwich von Bord ging. Das Meer hatte ich bis dahin nur gehört aber noch nicht gesehen. Als ich es nun sah, war ich enttäuscht. Nichts von Sandstrand; stattdessen Steine, Geröll und Schilf. In das Abteil im Zug nach London stiegen fünf dunkelhäutige Männer mit Turban auf dem Kopf zu. Sie lachten, wahrscheinlich über mich, denn ich brachte den Mund vor Staunen nicht zu. Der Mann neben mir fing an mit mir zu reden, ich verstand kein Wort kramte meine beiden kleinen Wörterbücher Langenscheidt Deutsch/Englisch und Englisch/Deutsch hervor. Mit Hilfe der kleinen Büchlein konnte ich kommunizieren.

15. Brief

Der Schaffner brachte den fünf Männern ein prächtiges Frühstück mit Spiegeleiern, Toast und Kaffee. Mein Magen knurrte derart laut von all den Düften, dass mein Nachbar mich ansah und mir bedeutete, ob ich auch was möchte. Ich nickte und kurz darauf stand auf der kleinen Ausziehfläche vor mir ein englisches Frühstück. Ich hatte bald vierundzwanzig Stunden nichts gegessen, du kannst dir nicht vorstellen wie gut das Frühstück war. Mir kam einer von Papa`s Lieblingssprüchen in den Sinn «Essen und Trinken hält Leib und Seele zusammen.» Er hatte noch andere auf Lager, die er wenn es passend erschien von sich gab.

Der Mann mit dem Turban gab mir zu verstehen, dass das Frühstück bezahlt sei. Ich war derart perplex, dass ich mich mit einer tiefen Verbeugung bedankte als ich mich wieder aufgerichtet hatte war das Abteil bereits leer.

Da stand ich nun mit meinen sieben

Sachen auf dem Bahnsteig in London, Victoria Station. Ich musste wohl etwas zu lange dort gestanden haben, unschlüssig wie es nun weitergehen soll. Ein älterer Mann in einer schicken roten Uniform sprach mich an, es stellte sich heraus, dass er im Krieg in Deutschland stationiert war und er war richtig stolz, dass er mir mit seinen Deutschkenntnissen helfen konnte. Und

Hilfe konnte ich tatsächlich gebrauchen.

Nachdem er meine restlichen Fahrkarten studiert hatte führte er mich in ein Büro der Flug-Gesellschaft, die mich nach Guernsey fliegen sollte. Ehrlich gesagt ich wäre nie auf die Idee gekommen, dass eine Flug-Gesellschaft ein Büro in einem Bahnhof haben könnte.

Die Dame am Schalter entschuldigte sich

in perfektem Deutsch, sie kam aus München, dass der gebuchte Flug nicht wie vorgesehen vom Flughafen Heathrow, sondern wegen irgendwelchen technischen Schwierigkeiten nach Gatwick verlegt wurde. Der Flughafen sei etwa eine

Stunde Zugfahrt von London entfernt.

Noch bevor ich meine misslich fi-
nanzielle Lage erklären musste sagte
mir die freundliche Dame aus München, dass natürlich die Flug-Gesellschaft für die zusätzlichen Kosten
aufkommen würde. So gelangte ich
in den Genuss einer Taxifahrt durch
London, weil der Zug nach Gatwick
vom Bahnhof Liverpool Station aus
ging bekam die entsprechende Fahr-
karte für den Zug, einen Kaffee und
ein Sandwich. Bis heute bin ich
dankbar für die schützende Hand,
die da über mich ausgestreckt war.

Der Flughafen in Guernsey war in
etwa vergleichbar mit dem in Thal-
erhof; klein und überschaubar. In-
nert kurzer Zeit waren alle Fluggäste
verschwunden und ich wurde einen

Taxifahrer gewahr, der halblaut Mr. Weicklat rief. Ich zeigte ihm einen Brief mit der Anschrift Moores Hotel. « Yes, Yes» er redete ziemlich viel, da ich aber nur mit Schulterzucken reagierte fuhr er mich eine dreiviertel Stunde lang schweigend, ins Hotel. Ich kurbelte das Fenster herunter, der Geruch von Meer und Fahrtwind gab mir das Gefühl in die Ferien zu fahren und nicht um eine neue Arbeitsstelle anzutreten.

Im Eingang erwartete mich Mr. Roberts.

Mister Roberts war Tiroler und hiess eigentlich Robert Hinterkofler, da die Aussprache seines Namens für die Engländer zu kompliziert war wurde aus ihm kurzerhand Mister Roberts. Eine Dame aus

Frankfurt, die am Empfang beschäftigt war wurde wegen ihres für Engländer schwer auszusprechenden Namens Mrs Franklin genannt. Einzig Mr. Sendlhofer, auch ein Tiroler, der die Tochter des Besitzers geheiratet hatte und als Manager waltete, wurde mit seinem Original Namen angeredet, zumindest versuchsweise. All das erzählte er mir während er mich in mein Dachzimmer im vierten Stock führte. Er empfahl mir schnell möglichst Englisch zu lernen und im Falle von Fragen mich an den Barmann Joe zu wenden, der Wiener war und Josef hiess. Josef war es auch, der mich durch das Hotel führte und den Leuten vorstellte.

Arbeitsbeginn war am nächsten Morgen neun Uhr.

Du wirst dich vielleicht fragen, warum ich verschiedene Namen und Situationen auch nach fünfzig Jahren so exakt beschreiben kann. Diese Frage habe ich mir auch schon gestellt, vermutlich weil ich dort besonders glücklich war. Es gibt Anstellungen, an die ich mich nur anhand der vorhandenen Arbeitszeugnisse erinnern kann.

16. Brief

Beruflich war das Moores Hotel in Guernsey mit seinen drei Sternen nicht gerade das Gelbe vom Ei. Bis anhin hatte ich in fünf Sterne Etablissements gearbeitet. Das war so Mode, man wollte in jungen Jahren in möglichst hoch dotierten Betrieben arbeiten, um irgendwann einmal anhand der Reputation den super Job zu bekommen. Immer in der Hoffnung, dass einmal ein Chef dein Talent erkennen und dich fördern würde. Auch das kam vor, bis ich herausfand, dass ich nur der Pausen Clown in dem Zirkus war. Das Licht war allein den Chefs vorbehalten.

Aber in Guernsey spielte das alles keine Rolle. Hier waren Unbeschwertheit, Mädchen und Alkohol angesagt. Immerhin war ich noch nicht einmal zwanzig und vom Leben wusste ich noch nicht viel nur, dass es sehr schön und genussvoll sein konnte.

Es war die Zeit, in der die Beatles auf ihrem Höhepunkt waren, es herrschte eine Beatle Mania. Ich erinnere mich an einen Musikclub den Cellar-Club. Um rein zu kommen musste man Mitglied sein, das war aber nur Formsache. Am Eingang war eine grosse Bar, an den Wänden bis zur Bühne standen kleine Tische vier bis fünf kleinen Hocker. Der Rest des Raumes war Tanzfläche, am hinteren Ende dann die Bühne, ausschliesslich mit live Musik

Bands, wie die Rolling Stones, Manfred Man und unzählige Formationen den Beatles gleich, die auch ihre Songs spielten. In der Mitte tobte die Masse der Tänzer. Eigentlich war es mehr ein Hüpfen und Hüfte verrenken. Mit viel Glück ergatterte man einen Hocker, wenn man jedoch aufstand, um an der Bar einen Drink zu holen, war er auch schon wieder weg. Das störte niemanden da alle das gleiche machten. In dem Club fanden sicher zweihundert Leute Platz.

Nie habe ich eine Schlägerei oder Pöbelei erlebt. Das Machogehabe, wie es in Deutschland üblich war fand hier nicht statt. Ich glaube es war die Musik, die uns so friedlich und glücklich stimmte. Man liess sich treiben in einem Bad aus Musik.

Mein Englisch nahm Formen an, Vinny, die Abwaschfrau testete mich täglich, stellte mir Fragen, lieferte die richtigen Antworten, wenn ich sie nicht beantworten konnte und hatte wie mir schien, richtig Freude an meinem sprachlichen Fortschritt. Dafür zahlte ich ihr jede Woche einen Gin Tonic.

Ich hatte keine Ahnung wie alt sie war mit ihren grauen langen Haaren, den überschminkten Lippen und den hellen Bartstoppeln, die man bei richtigem Licht von der Seite sehen konnte. Es schien mir doch, dass sie in jungen Jahren recht hübsch gewesen sein muss. Aber dem Gin, das fand ich bald einmal heraus, war sie sehr zugetan.

Der Küchenchef war ein eigenartiger Kauz, wenn man aber tat was er sagte, war er nicht unangenehm. Er nannte die deutsch sprechenden immer «bloody crauts.» Lange wusste ich nicht was das bedeutete. Josef der Barmann klärte mich auf. Für die Engländer waren seit dem Krieg alle deutsch sprechenden «crauts», weil wir Sauerkraut assen. Zwei deutsche Worte, die fast jeder Engländer kannte, waren « Fräulein und Sauerkraut».

Was ich nicht bedacht hatte war, dass der Krieg erst seit zwanzig Jahren vorbei war. Die Deutschen hatten Guernsey besetzt und von dort mit grossen Kanonen England beschossen.

Alles das fand ich aber erst viel später nach und nach heraus. Was ich aber auf meinen ausgedehnten Spaziergängen fand waren riesige

Bunker mit Abschussrampen und einen deutschen Soldatenfriedhof.

Die meiste Zeit aber verbrachte ich am Meer, im Hafen am Fischmarkt und in den kleinen Kneipen, in denen die Fischer verkehrten. Es roch nach Meer, nach Tang einfach nach anders, ein Geruch, den ich bis dahin nicht kannte und der mich faszinierte. Im Sommer schlief ich auf einer Bank im Jachthafen. Irgendwann mitten in der Nacht wurde ich von einem «Bobby», das war ein Polizist wachgerüttelt, er fragte mich was ich hier tue «dem Meer zuhören» sagte ich er, nickte nur und ging.

Ich habe noch oft dort unter freiem Himmel geschlafen, es war einfach wunderbar.

Am Empfang arbeitete eine kleine Blonde, mit der ich jeden Morgen flirtete. Da auch sie Gefallen an mir hatte, dauerte es nicht lange bis wir zusammen ausgingen. Wir trafen uns zu Fish and Chips, eine englische Spezialität. Meist war es Dorsch, der im Bierteig in der Fritteuse gebacken wurde, dazu gab es dick geschnittene Pommes frites. Dann streute der Verkäufer noch Salz und Essig darüber packte das Ganze in eine Fettpapiertüte und umschloss alles mit einer dicken Schicht Zeitungspapier. Ich weiss noch, wie ich beim ersten Mal erschrak, «was? Essig?» ich kann dir sagen, es schmeckte herrlich. Wir assen auf einer Bank im Hafen. Susan, so hiess die kleine Blonde war sehr amüsant und sprach ungeheuer schnell, so dass ich immer wieder nachfragen musste was aber unserem verliebt sein keinen Abbruch tat, im Gegenteil. Und sie hatte noch was ein Auto. Einen Triumph Spitfire, der angesagteste Sport Flitzer den man 1965 fahren konnte. Sie war eine Einheimische, kannte jeden schönen Platz auf der Insel.

17. Brief

Dann eines Tages fing Mrs. Franklin mich ab und erklärte mir in aller Deutlichkeit die Finger von Susan zu lassen, ich wäre kein Umgang für sie und ich sei schädlich für ihr Image.

Eigentlich hätte ich allein ihres Autos wegen stutzig werden sollen.

Ich verstand nur was vom verliebt sein, nichts von gesellschaftlichen Konventionen. Als sie merkte, dass es nichts nützt nahm sie mich eines Tages zur Seite und klärte mich auf.

Susan war die einzige Tochter eines reichen Insulaners. Er war Mitbesitzer einer Warenhauskette « ja und.» Du siehst meine Naivität war grenzenlos.

Eines Tages lud Susan mich zu einer Party bei ihr daheim ein. Es war ein Anwesen wie im Kino. Durch einen grossen Park mit alten Bäumen fuhr sie vor, das Haupthaus «wow hier wohnst du?» Es war kein Haus eher ein Schloss. Plötzlich wurde mir auch klar, warum sie mich fragte ob ich eine Krawatte hätte, natürlich hatte ich keine. «Macht nichts es kommen nur Freunde.»

Zugegeben ich hatte weiche Knie als ich das Anwesen über die breite Treppe betrat.

«Das hättest du mir sagen können.» «Dann wärst du vielleicht nicht gekommen» «wahrscheinlich nicht.»

Die Freunde gaben sich alle Mühe nett zu sein, allein es nützte nichts.

Ich kann mich noch gut erinnern, wie fehl am Platz ich mir vorkam. Susan kümmerte das alles nicht. Sie schleppte mich von Gast zu Gast und stellte mich den etwa dreissig anwesenden Personen vor. Ich fühlte mich wie ein Kronprinz, ein anstrengender Beruf. Vinny bekam Wind von meinem Techtl Mechtl. Sie machte mir klar, dass in diesen Kreisen reiten und golfen und ange-sagt sind. Ich konnte weder das eine noch das andere. «Aber eines davon musst du unbedingt lernen, wenn du in dieser Gesellschaft erfolgreich sein willst» erklärte sie mir nach-drücklich.

Ich entschied mich fürs Reiten, nahm Stunden, aber es war nicht mein Ding mir fehlte das Reiter Gen.

Nichts, desto trotz stand bald einmal in den angrenzenden Stallungen ein Pferd für mich bereit. Sein Name war Sam, ein in die Jahre gekommener Hengst, der in jungen Jahren ein äusserst erfolgreiches Rennpferd war. Ich muss ihn deshalb erwähnen, weil Sam mir bereits beim ersten Aufeinandertreffen zeigte, wo der Hammer hängt. Bereits beim Satteln nahm mein Dilemma seinen Lauf. Weil ich ihm von der falschen Seite den Sattel überwarf, drückte er mich mit seinem Bauch an die Stallwand, dass ich meinte ich müsste ersticken. Nach einigen Boxhieben gab er endlich nach.

Beim ersten Ausritt, er hatte ja beim Satteln bereits bemerkt was für ein Amateur ich war, liess er mich nicht in den Sattel. Er hielt den Kopf etwas zur Seite, so dass er sehen konnte was ich als nächstes vorhatte. Kaum hatte ich einen Fuss im Steigbügel lief er los. Ich kam einfach nicht in den Sattel dieses Spiel wiederholte er mehrfach. Erst als ein Stallbursche ihn festhielt kam ich in den Sattel. Als wir an den Strand kamen legte er die Ohren an, schnaubte und galoppierte los. Mit einem Ruck hat er mir die Zügel aus der Hand gerissen und ich hielt mich mit beiden Händen am Sattel fest, während er los galoppierte als gäbe es kein Morgen mehr. Ich Amateur Sattler hatte den Gurt nicht fest genug angezogen so kippte der Sattel bei jeder Bewegung ein wenig zur Seite. Sam gab alles, später erzählten sie mir er konnte es nicht ertragen überholt zu werden. Mittlerweile war der Sattel soweit abgerutscht, dass ich seitlich auf dem Pferd sass. Irgendwie bekam ich die Zügel dann doch noch zu fassen, zog so fest daran, wie ich konnte und trieb ihn ins Wasser, wo er dann endlich zum Stehen kam und ich wie ein Kartoffelsack ins Wasser fiel.

Der Rest der Gruppe lachte sich kugelrund. Wie du dir vorstelle kannst war mir nicht zum Lachen zumute, eine meiner schlechten Eigenschaften ich mag es bis heute nicht ausgelacht zu werden. Mein Reitlehrer ermutigte mich nicht aufzugeben. In der nächsten Stunde sollte ich über ein kleines Hindernis springen alles schien gut bis, ja bis ich aus dem Sattel nach vorne kippte, während das Ross erschreckt den Kopf nach oben warf. Unsere beiden Köpfe prallten aufeinander. Als ich wieder zu mir kam beendigte ich mein Reitabenteuer endgültig. Es gab noch viel zu tun, die Rezepte mussten umgerechnet werden von Gramm und Kilogramm in Onces und Pfunds. Auch die Währung war nicht ohne, 12 Pennys waren ein Shilling, 20 Shilling ein Pfund. Das gab mir extra Denkaufgaben.

Mein Zimmergenosse hiess Pepe, war Italiener und Kellner, ein grosser gutaussehender Typ, dem die Frauenherzen nur so zuflogen. Er hatte nur ein Problem das Essen. Er konnte mit der englischen Küche nichts anfangen, träumte von Spaghetti, Lasagne, Ravioli und seiner Mama, die so wunderbar kochen konnte. Eines Tages packte er seine Koffer und verschwand. Heimweh ist eine unheilbare Krankheit. Mir schmeckte die englische Küche, morgens Eier Speck und Toast, abends meistens Fisch oder kaltes Fleisch ich war rundum zufrieden. An seiner Stelle wurde Sony Mc Cahill, ein kleiner rothaariger Schotte mein neuer Zimmer Nachbar. Mein Englisch war inzwischen recht passabel mit Sonny bekam es den letzten Schliff.

18. Brief

Ende Saison hielt es kaum einer für

Möglich, dass meine Muttersprache Deutsch war.

Sonny war ein ausserordentlich gewitzter Zeitgenosse, der einige Jahre zur See fuhr und nun genug davon hatte.

Er war Küchenbursche, also Mädchen für alles. Als er meine Garderobe sah sagte er: «so wird das nichts, wenn du deine Susan behalten willst, musst du anders auftreten. Ich will dir zeigen, wie das geht.»

Noch in der gleichen Woche nahm er mich mit zu einem Schneider. Ich musste einen Stoff aussuchen, der mir gefiel. Davon wurde ein dreiteiliger Anzug hergestellt. Als der Anzug nach zehn Tagen fertig war suchte ich mit Hilfe des Schneiders zwei passende Hemden mit Krawatte und die entsprechenden Schuhe dazu aus. Ich erklärte ihm, dass ich nicht so viel Geld habe, um all diese Dinge zu bezahlen. Sonny handelte mit dem Schneider einen Modus aus, wonach ich jeden Samstag zwölf Pfund von meinem Lohn abzuzahlen hatte. Wir hatten wöchentlich Zahltag, der Rest reichte meistens bis Donnerstag, freitags warfen wir uns beide in Schale gingen in die diversen Hotel Bars und tranken den alten Ladys ihren Portwein oder Whisky, den sie als Hotelgäste Flaschenweise kauften und die in einem speziellen Kasten, mit der jeweiligen Zimmernummer versehen, lagerten. Man musste aber schon ein Gespür für die richtigen Ladys haben, Sonny hatte es. In den Hotelbars gab es keine Sperrstunde, es konnte also zuweilen recht spät werden.

Natürlich versuchte ich Susan mit meinem drei Teiler zu beindrucken ich bewegte mich allerdings etwas Hüftsteif darin, sie sagte nur «lass es sein». Eines Abends als ich im Harbor Inn, meinem Stamm Pub, in welchem mehrheitlich Fischer und Hafenarbeiter verkehrten, an der Bar stand und ein Bier bestellte, stand er plötzlich neben mir. Susans Vater, auch wenn ich ihn nicht kannte, wusste ich instinktiv sofort wer er war. Ein gut gekleideter Herr mit leicht ergrauten Haaren. «Lass die Finger von meiner Tochter, sie ist nichts für dich» seine Worte klangen sachlich, bestimmt und irgendwie emotionslos. Bevor ich etwas sagen konnte war er auch schon wieder weg.

Zwei Tage später sassen wir auf unserer Bank im Hafen, assen Fish und Chips und redeten. Sie erklärte mir, warum sie nachgeben musste und ich gestand, dass ihre soziale Stellung eine Nummer zu gross für mich war.

So endete mein Kronprinzen Dasein traurig, erleichtert und komisch. «Das haben sie nun davon» sagte Mrs Franklin «Susan arbeitet ab sofort nicht mehr hier.» Mir war denn auch klar warum sie sich derart für sie verwendete, weil sie ein

Auge auf ihren Vater hatte und sie sich als eine Art Ersatzmutter profilieren wollte. Er war wie ich vernahm geschieden und sie auf der Suche nach etwas Distinguiertem. Ob sie ihn tatsächlich bekommen hat habe ich nie erfahren.

Aber so einfach wie ich dachte bekam ich Susan nicht aus dem Kopf und aus dem Herzen.

Es kam mir vor wie beim Schach, diese Aktion war wie ein Bauernopfer. Meine Vorstellung von Liebe war blauäugig mit Rosaroter Brille. Faktoren ob ich als potenzieller Bräutigam auch das richtige Rüstzeug mit dabeihatte, kamen mir gar nicht erst in den Sinn. Meine Gefühle und Absichten waren Testosteron gesteuert. Dass ein so grosses Vermögen andere Verpflichtungen mit sich brachte konnte ich nur erahnen.

19. Brief

Der Sommer ging dahin. Ich lebte ein unbeschwertes Leben. Hin und wieder traf ich auch Fritz den Koch, den ich von Salzburg und dem Schwarzwald kannte. Er arbeitete im Fermain Hotel, etwa fünf km entfernt seine Kumpels hatten ein Auto.

Fritz sah gut aus, war ungeheuer charmant. Er konnte problemlos in eine Runde platzen, das Gespräch an sich reissen und so meine aufgebauten sozialen Kontakte einfach übernehmen. Er war ein Blender. Die Frauen konnte er umgarnen und mit Komplimenten überschütten, dass wir nur erstaunt zuschauen konnten. Er hatte auch keine Probleme

damit, Frauen seiner Kollegen aus-
zuspannen. Was ihn nicht gerade
beliebt machte. Trotzdem war er der
unbestrittene Star in der Runde. Gut
ab und zu brauchte er unsere Hilfe,
wenn er Prügel bekam.

Wenn ein Mädchen nicht tat was
er wollte, konnte er ihr problemlos
eine Ohrfeig verpassen. Als ich ihn
einmal zur Rede stellte sagte er nur:
«das verstehst du nicht, Frauen
brauchen das.» Er war mit drei
Schwestern aufgewachsen. Nein wir
hatten eindeutig nicht das gleich
Frauenbild. Trotzdem war es spannend ihn zu beobachten, er war die
Verkörperung des Narzisses
schlechthin.

Was er jedoch nicht ertragen
konnte, wenn jemand seine Mäd-

chen anbaggerte. Als wir das herausgefunden hatten, war es natürlich vorbei mit seiner Selbstherrlichkeit. Dann konnte er ausrasten. Mit seiner schlanken Statur war er nicht gerade der Schläger Typ, er versuchte es mit Beschimpfungen. Aber da wir anderen an Partys, Trinken und Tanzen interessiert waren, verliess er unseren Kreis und kam nur noch sporadisch vorbei.

Der National Sport in den englischen Pubs war Darts. Ein Spiel indem mit kleinen Pfeilen auf eine runde Scheibe, die mit Nummern von eins bis zwanzig versehen war, geworfen wurde.

Allein die Tatsache, die Scheibe zu treffen war anfangs schon Herausforderung genug. Man musste noch die richtige Zahl treffen und von 501 auf null zurückrechnen. Meist wurde in Gruppen von vier Spielern um die Getränke gespielt. Sonny war ein guter Spieler, ich hingegen war absolut unbrauchbar. So waren wir beide für die meisten Teams wie bares Geld.

Sonny beruhigte mich: «Du wirst sehen du lernst das.» Es dauerte zwei Monate, aber dann hatte ich das Spiel im Griff. Das Blatt wendete sich bis kaum noch ein Team mit uns spielen wollte.

Spielen und Wetten dieses Gen hat jeder Engländer in sich. Wenn wir nicht Darts spielten so war es Pool, Billiard an einem grossen Tisch. Oder wir gingen nachmittags in die diversen Wettbüros und welteten auf Pferderennen, ist so ähnlich wie Lotto. Du gewinnst nie oder wenn, dann nur kleine Beträge. Da ich mit Pferden nichts mehr am Hut hatte war ich auch an dieser Art wetten nicht interessiert. An Regentagen ging ich ins Pub und spielte Darts. Die schönen Tage verbrachte ich am Meer. Viel Zeit verbrachte ich in der Fischmarkthalle, es was lebhaft und die vielen Arten von Fisch und Krabben war schon aufregend. Einmal wurde ein Hai gefangen ein grosser. Man transportierte ihn vom Hafen in den Fischmarkt, aufgehängt an einem Abschleppwagen. Hinter der Fischhalle war ein kleines Theater, daneben The Golden Lion, ein kleines Pub, in welchem hauptsächlich Künstler und Schauspieler verkehrten. Ich ging sehr oft dorthin. Die Typen waren sehr speziell die meisten waren sehr gesprächig, alle aber waren eigenartig Käuze, das gefiel mir.

20. Brief

Einem alten Schauspieler an der Bar mit einem dicken Schal um den Hals zahlte ich einmal ein Bier. Hinter einem Vollbart und dicken Brillengläsern waren seine Augen kaum zu erkennen. Als er das Bier bekam umfasste er das Glas mit einem Ende des Schals, dann zog er mit der freien Hand am anderen Ende des Schals bis es in der richtigen Position war. Er erzählte mir, dass seine Hand zu zittrig wäre, um es zu heben. Ich war tief beeindruck, wie er mit seiner Behinderung umging. Sein Nachbar erzählte mir, dass er das immer so mache, um Eindruck zu schinden. Bei mir hat es jedenfalls funktioniert. Ich verbrachte viel Zeit mit diesen speziellen Menschen und hatte so manches gute Gespräch. Die Zeit ging so schnell dahin und bald war wieder Saisonende. Zeit also Arbeit für den Winter zu finden. Ein befreundeter Patissier erzählte mir von der Schweiz. Wenn ich Lust hätte, könnte er mir einen Job besorgen in einer kleinen Schokolade Fabrik, in der gutes Geld zu verdienen war. Gegen Ende der Saison rief mich Mr. Roberts in sein Büro: «Wir waren sehr zufrieden mit ihnen» fing er an «Wir würden uns freuen, sie nächste Saison wieder bei uns zu begrüssen» Dann drückte er mir fünfundzwanzig Pfund in die Hand. Ich war am Morgen nicht immer pünktlich, also beschloss er, mir für jedes zu spät kommen ein Pfund von meinem Lohn abzuziehen. Ich weiss noch, wie ich protestierte. Immerhin

148

hatten sich so umgerechnet fünfhundert Euro angesammelt. Die ich nun zurück bekam, was ich natürlich dankend annahm. «Also bis nächstes Jahr im April, schreiben sie mir noch, wohin ich ihre Arbeitsbewilligung schicken soll». So einfach war das und ich hatte noch nie so weit im Voraus geplant.

Ich ging zuerst nach Fernitz, blieb etwa zwei Wochen dann fuhr ich mit dem Zug in die Schweiz.

La Chaux-de-Fonds ist eine kleine Stadt im Jura, unweit der französischen Grenze.

Natürlich konnte ich kaum Französisch, aber wenn man muss lernt man schnell. Zudem war ich in einem kleinen Zimmer bei einer fran-

zösisch sprechenden Familie untergebracht. Ich muss zugeben, dass ich
französisch nie so gut beherrschte
wie englisch.

So stand ich mit meinem Gepäck
vor den Hotel Moreau, ein kleines,
aber schönes Hotel. Madame Moreau konnte deutsch sprechen, wenn
auch nicht allzu gut sie wollte, dass
ich schnell möglichst französisch
lerne. Von aussen deutete nichts auf
eine Fabrik hin. An der Rückseite
des Gebäudes war ein zweistöckiger
Anbau, das war die Fabrik. Alles
roch nach Schokolade, anfangs ein
süsser herrlicher Duft.

Das änderte sich mit der Zeit. Der
Betrieb war sehr speziell. Da war
zum einen der Eingang ins Hotel mit
der Reception, daneben ein Restaurant, sehr gediegen, auf der anderen

Seite befand sich eine Café Konditorei und wie gesagt an der hinteren Seite die Schokoladen Fabrikation.

Alles was ich bisher gelernt hatte konnte ich vergessen. Schokolade, die darf nie zu heiss aber auch nie zu kalt verarbeitet werden, so viel wusste ich.

Täglich verarbeiteten wir 250-300 kg Schokolade, das ist schon eine Menge.

La Chaux-de-Fonds ist das Zentrum der Schweizerischen Uhrenindustrie.

Der gute Herr Moreau hatte eine geniale Idee. Er produzierte Pralinen in Form von Uhren aus Schokolade mit verschiedenen Füllungen, schön verpackt für die Uhrenindustrie.

Diese gab sie als süsses Weihnachtsgeschenk an ihre Kunden weiter. Es
gab Leute, die behaupteten, dass er
damit jedes Jahr eine Million verdiente, was 1965 schon was heissen
sollte.

Wie auch immer, allein in der Pa-
ckerei arbeiteten zehn bis zwölf
Frauen. Chef der Verpackungsabtei-
lung war ein kleiner Portugiese. Er
hatte eine aussergewöhnlich schöne
Frau, was für ihn ziemlichen Stress
bedeutete, denn er war sehr eifersüchtig. Durch grosse Fenster abge-
trennt sah man in die Produktion,
wo etwa fünfzehn Männer, Engländer, Spanier, Holländer, Italiener,
Deutsche, Österreicher arbeiteten,
der Chef war ein Schweizer. Kaum
hatte der kleine Portugiese einen
von uns zurechtgewiesen, flirtete

hinter seinem Rücken bereits der nächste mit seiner Frau. Wir waren ein bunt zusammengewürfelter Haufen. Es dauerte eine Weile bis jeder sein Revier abgesteckt hatte. Erstaunlicherweise kamen wir ziemlich gut miteinander aus. Ich muss jetzt ein wenig weiter ausholen, um die Produktion dieser speziellen Pralinen zu erklären.

21. Brief

Das Herzstück war die Maschine, in der die Schokolade geschmolzen wurde, wie gesagt ja nicht zu heiss. Die Aufgabe des Chefs war es diese Maschine unter Kontrolle zu haben und ich kann dir sagen es brauchte schon einiges an Erfahrung diese Maschine zu bedienen.

Danach kam ein grosser Tisch mit einer Marmorplatte, unter dem Tisch waren die Pralinenformen aus Metall untergebracht. Jede Form ergab je nach Grösse etwa 40 Uhren, daneben war eine Rüttelmaschine. Man nahm eine Form, füllte sie mit flüssiger Schokolade, schüttelte sie einen Moment so, dass sich die Scho-

kolade in allen Vertiefungen ver-
teilte, danach kehrte man die Form
um und rüttelte den Rest Schokolade wieder heraus. Die Kunst bestand darin die Form nur so lange zu
rütteln bis ein 2 Millimeter dicker
Mantel zurück blieb. Danach wurde
sie mit einer Creme gefüllt, am Ende
mit flüssiger Schokolade bestrichen
und in den Kühlschrank gestellt.
Nach etwa zwanzig Minuten konnte
man die fertigen Uhren ausschlagen
und das ganze Spiel begann von
neuem. Es gab unzählige Formen
dem Auftrag entsprechend. Wir pro-
duzierten sogar für Rolls Royes, ich
erinnere mich. Die schwarz la-
ckierte, quadratische Schachtel, die
in der Mitte aus Blattgold mit den
beiden R's versehen war, kostete das
zehnfache ihres Inhaltes. Natürlich

mussten die Pralinen perfekt sein. Nebst dem Schmelzen der Schokolade war dies die Aufgabe des Chefs. Ich kann dir versichern, kein einfacher Job. Ich erzähle das so ausführlich, weil ich im darauffolgenden Jahr noch einmal für eine Saison wiederkam und es sich ergab, dass der Produktionschef für längere Zeit erkrankte, so wurde ich während 3 Monaten Produktionschef. Der Winter war kalt und es fiel ordentlich Schnee.

Der schlimmste Tag im Jahr jedes Auswanderers ist der Heilige Abend, selbst der härteste wird an diesem Abend sentimental. Wir tranken zu viel und versuchten besonders lustig zu sein bis einer auf die glorreiche Idee kam, auf die 20 Meter hohe beleuchtete Tanne zu

klettern. Unter lautem Geschrei nahmen wir das Projekt in Angriff. Es
dauerte nicht lang da ging das Licht
aus, als wir wieder unten ankamen
erwartete uns die Polizei und nahm
uns mit auf den Posten. Es gab eine
Ordnungsstrafe, damit war die die
Sache erledigt.

Nach Weihnachten liess die Produktion merklich nach und wir stellten Pralinen in allen möglichen Formen her. Herr Moreau wollte, dass
ich im nächsten Jahr wiederkomme,
ich sagte zu. In der letzten Märzwo-
che war die Saison zu Ende.

Am 1. April war ich wieder in
Guernsey. Was für ein Kontrast vom
winterlichen La Chaux-de-Fonds
ans Meer.

Es war als wäre ich heimgekommen, die salzige Luft das Geschrei der Möven, die dumpf klingenden Schiffshörner. Erst jetzt wurde mir klar, wie sehr ich das alles vermisst hatte. Zusammen mit Sonny bekam ich ein Zimmer etwa einen Kilometer vom Hotel entfernt. Mein Arbeitsweg führte durch die Einkaufsmeile vorbei an Souvenierläden. Uhren und Schmuck Geschäften Kleider und Schuhläden, entlang der grossen Markthalle aus der es immer nach Fisch roch. Eine kleine Anhöhe hinauf auf deren höchstem Punkt ein schon in die Jahre gekommenen dreistöckigen Hauses, das aussah wie der einzige Zahn im Gebiss der Nachbar Bäuerin in Fernitz. Genau in diesem Haus im dritten Stock lag unser luftiges Zimmer. Das Jahr

1966 sollte mein Jahr werden, am Anfang jedenfalls

Es war das Jahr in dem die Fussball Weltmeisterschaft ausgetragen wurde und England Weltmeister wurde. Die Euphorie, die dieser Anlass auslöste, war ansteckend. Das Hotel hatte im Winter ein Tea-Room angebaut, ich sollte dafür Kuchen, Cakes, Torten produzieren. Als Anreiz wurde ich am Umsatz beteiligt was mich natürlich zusätzlich anspornte. Es wurde ein Erfolg, wir übertrafen das vorgegebene Budget um einiges.

Ich machte den Führerschein und fiel nach 6 Stunden an der ersten Prüfung durch, weil gerade an diesem Tag die Queen Elisabeth im Hafen lag. Der Anblick dieses riesigen Schiffes imponierte mir derart, dass ich falsch einspurte. Aber nach zwei Zusatzstunden schaffte ich die Prüfung im zweiten Anlauf.

22. Brief

Es dauerte nicht lange und ich kaufte mir ein Auto. Natürlich einen Mini Cooper, das angesagteste Auto.

Klar ging ich wieder in den Cellar Club tanzen, dort lernte ich Frances kennen. Es war, als ob ein Blitz eingeschlagen hätte. Ich wusste das ist die Frau meines Lebens. Ich war derart verliebt, dass es schon fast weh tat. Ende Saison fuhren wir zusammen nach Fernitz. Ich wollte sie unbedingt meinen Eltern vorstellen. Auf einer rosaroten Wolke fuhren wir über Paris nach Strassburg bis Salzburg und dann nach Fernitz.

Meine Eltern waren nicht besonders sprachbegabt, Frances übrigens auch nicht. So fungierte ich permanent als Dolmetscher aber alles in allem war es doch eine lustige Zeit. Ich hatte einem Zwischensaison Job in Basel zugesagt. Wir fuhren zusammen nach Basel. Unterwegs hatten wir viel Zeit zum Reden. Sie erklärte, dass für sie ein gemeinsames Leben nur in einem englisch sprechenden Land in Frage komme. Wir kamen überein nach Kanada auszuwandern, das wäre für uns beide akzeptabel.

Wir schrieben uns täglich. Ich nahm mit der kanadischen Botschaft Kontakt auf, wir mussten uns auf eine längere Wartezeit einrichten. Dann wurden die Briefe weniger, kürzer, eines Tages bekam ich ein kleines Päcklein, darin der Verlobungsring, den ich ihr geschenkt hatte. Im Begleitbrief die Erklärung. Sie hatte eine alte Jugendliebe wieder getroffen und beschlossen zu heiraten, weil sie schwanger war.

Ich weiss noch, ich fühlte als hätte ich einen mächtigen Schlag in die Magengrube bekommen. Ich begann zu trinken, ging Sturz betrunken zur Arbeit, nach zwei Verwarnungen kam der Direktor zu mir sagte, ich solle die Schürze ausziehen ins Personalbüro gehen, dies sei eine fristlose Kündigung.

Nach meinem Basel Gastspiel verschlug es mich nach Rheinfelden, ins Bahnhofbuffet, nicht weit weg von Basel.

Die grösste Brauerei der Schweiz ist in Rheinfelden. Das Hotel war im

Besitz der Brauerei und hatte einen Saalbau für etwa sechshundert Gäste. Da ging schon was ab, jede Woche mindestens ein Bankett über fünfhundert.

Aber es war schön. Der Küchen- chef war ein deutscher Wolfgang Mühlemeister, du siehst von den gu- ten weiss ich noch heute den Na- men. Er war ein kollegialer Typ, der es verstand, ein gutes Arbeitsklima in der Küche zu schaffen. Leider starb er sehr früh. Eines Tages kam ein neuer Koch du darfst raten, es war Fritz. Die Frauen interessierten mich nicht besonders Frances lag mir immer noch schwer auf.

Dann lernte ich Vreni kennen sie tat mir gut, brachte mich zum La- chen. Anfangs war es mehr eine Bru-

der Schwester Beziehung. irgendwann landeten wir dann doch im
Bett. Sie war eine Hoteliers Tochter
aus der Ostschweiz. Eines Tages, wir
hatten einen öffentlichen Anlass im
Saal, kündigten sich ihre Eltern an,
sie wollten mich kennen lernen. Ich
zog meine Besten Kleider an band
mir sogar eine Krawatte um.

Ihre Eltern waren sehr vornehm,
perfekt gekleidet. Er einem dreiteili-
gen Nadelstreifen Anzug, sie im
Deux Piece mit einem kleinen kessen
Hut.

Ich kann es kurz machen an diesem Abend betrank ich mich sinnlos,
ich weiss nicht welcher Teufel mich
geritten hat. Irgendwann verliessen
sie wortlos den Tisch.

Vreni bekam den ganzen Zorn ihrer Eltern zu spüren und unsere Beziehung kühlte merklich ab. Ich hatte als möglicher Kandidat versagt. Einige Monate später rief sie mich an und fragte mich ob ich sie nach Luxemburg begleiten würde. Sie hatte eine Stelle auf den Bahamas angenommen, damals gingen fast alle Überseeflüge ab Luxemburg. Niemand aus ihrer Familie wollte sie begleiten. Natürlich sagte ich zu. Ich fühlte mich immer noch grauenhaft schlecht für meinen Auftritt. Es tat ihr so leid, mir natürlich auch, aber es war nicht mehr zu reparieren.

Sie schrieb noch ein paarmal, dann versiegte der Kontakt, wie mit Frances.

Ich musste weg aus Rheinfelden, ich war nur noch depressiv.

Ich fand eine Saisonstelle in Grindelwald. Das Hotel war ein Holzbau. Es wurde abgerissen und durch einen Neubau ersetzt. Aber Grindelwald war schon imposant. Umgeben von hohen Bergen, die so nahe waren, dass man das Rumoren der Steinschläge hören konnte. Es war einiges los. Scharen von Tagestouristen wurden mit Bussen in das Bergdorf gefahren. Die Hotels waren ausgebucht. Die Crew war gut, einige Kontakte hielten dreissig Jahre.

Die Saison ging früher als erwartet zu Ende der Umbau begann. Für die noch verbleibende Zeit bis Saisonende fand ich Arbeit in einem Judenhotel. Hast du schon einmal koscher gekocht? Ein Kasperltheater. Töpfe, in denen man Milch kochte, durften auf keinen Fall für andere Speisen, vor allem nicht für Fleisch, verwendet werden. Passierte es dennoch, musste man den entsprechenden Topf drei Wochen lang vergraben. Als ich dem Küchenchef sagte, dass ich dieses Vorgehen schwachsinnig finde, durfte ich auf der Stelle meine Schürze ausziehen und gehen.

23. Brief

Mir gefiel es im Berner Oberland. So nahm ich eine Wintersaison Stelle in Mürren an.

Die Saison in Mürren war ein Kracher. Zur gleichen Zeit wurde ein James Bond Film gedreht. Hauptdarsteller waren George Lazenby als Bond und Emma Peel spielte die weibliche Hauptrolle. Um zu wissen wer Emma Peel ist, muss man schon ein wenig älter sein, live war sie noch schöner.

Das ganze Oberland befand sich im Ausnahmezustand. Die Filmgesellschaft benötigte Statisten. Etwa ein Drittel des Personals sprang ab und verbrachte den Winter als Statist, was viel mehr Geld einbrachte.

Natürlich fehlten die Leute und so mussten wir, die nicht zum Film gingen in die Hände spucken. Das tat aber keinen Abbruch unsere Tage bestanden aus Arbeit und Party. Oft schwor ich am Morgen, heute Abend bleibe ich zu Hause. Denkste. Sobald wir mit der Arbeit fertig waren ging es los, in jeder Bar war Party vor drei Uhr morgens war da kein halten. Am nächsten Morgen der Katzenjammer und das gleiche versprechen wie tags zuvor: «aber heute Abend sicher nicht» nix da.

Elfi,

hier muss ich eine Pause einlegen. Vor einiger Zeit las ich ein Buch über einen Mann, der seine todkranke Freundin besuchte. Er tat dies zu Fuss, fasste diesen Entschluss an einem späten Nachmittag, als er einen Brief an sie zur Post brachte. Und anstatt nach Hause zu gehen lief er achthundert Kilometer quer durch England, um sie zu besuchen in der Hoffnung, dass sich ihre Lebenszeit so lange verlängern würde bis er angekommen war. Ich kann es vorwegnehmen. Er erreichte sie lebend nach einem mehrmonatigen Fussmarsch. Tags darauf starb sie.

Ob die Geschichte wahr ist oder nicht ist unerheblich, jedoch diente sie mir als Idee für meine monatlichen fünf Seiten an dich. Ich hoffte, dass ich es so spannend gestalten könnte, dass es dir gar nicht erst in den Sinn kommen würde zu sterben.

Dass es dennoch passiert ist liegt weder in deiner noch in meiner Macht. Wir müssen akzeptieren und versuchen so gut als möglich damit umzugehen.

Dennoch siehst du, dass ich nach wie vor ein hoffnungsloser Romantiker bin. Ich werde weiterschreiben und deine Kinder können sie dir dann vorlesen.

Aber natürlich schmerzt das. Trauer ist ein Schmerz, der mich innerlich aushöhlt. Meine Gedanken lahmlegt, urplötzlich ohne Vorwarnung über mich herfällt wie ein böses Tier. Ich komme mir vor, als sei ich gefangen unter einer dumpfen Glocke. Die Zeit wird Heilung bringen, aber sie wird auch ein Stück vom irdischen Glück vernichten, unsere Beziehung ist nicht beendet, sie ist nur auf eine andere Dimension verlagert.

Ich weiss das es dir jetzt gut geht, du keine Schmerzen mehr hast, dich keine Schwindel mehr plagen, dass du leicht bist wie eine Feder und um dich herum sanftes Licht ist.

Warum ich das weiss? Ich habe es erfahren an diesem verhängnisvollen Abend als wir die ganze Familie unsere Ferien in Fernitz verbringen wollten. An diesem schwülen gewittrigen Abend als ich keine Luft mehr bekam und die Ambulanz mich ins LKH Graz brachte veränderte sich mein Leben mit einem Schlag. Das Krankenhaus war überfüllt ich lag in einem Bett irgendwo im Korridor mit einem Paravent vor dem Gesicht. Ich hatte das Gefühl, dass aus jeder meiner Körperöffnungen irgendein Sekret floss. Der Schmerz in der Brust war schier unerträglich.

So lag ich Häuflein Elend bitterlich weinend in einem Bett und fragte mich ob es das nun gewesen sei. Auf einmal wurde es hell um meinen Kopf herum auf wundersame Weise liessen die Schmerzen nach und verschwanden komplett.

Danach hörte ich diese Stimme, sie war mir bekannt, aber ich wusste nicht, woher sie kam: «Du kannst mitkommen, wenn du willst» «jetzt sofort?» «ja jetzt! « «aber die Kinder sind ja noch so klein und Heidi muss sie allein durchbringen.» Ich wollte Zeit gewinnen, dachte ich könnte verhandeln. Irrtum es machte Plumps, Schmerz und Verzweiflung waren zurück. Ich musste noch weitere zehn Tage im Spital verbringen damit waren die Ferien aufgebraucht. Wir fuhren zurück in die Schweiz, zwei Wochen später musste ich mich einer Herzklappen Operation unterziehen.

24. Brief

Trotz allem diese Begegnung blieb mir erhalten. Ich weiss jetzt, dass ich keine Angst vor dem Sterben haben muss.

Mit dir Schwesterchen will ich festhalten, an diese wunderbaren Tage, die wir miteinander verbringen durften. An dieser wunderbaren Begegnung, die dank der Initiative von Daniela und dem exzellenten Fahrer Toni zustande kam.

Nie hätte ich gedacht, dass wir in so kurzer Zeit eine derart tiefe Beziehung aufbauen könnten. Dass du jetzt so plötzlich gehen musstest, ist für uns die wir vorläufig noch zurück bleiben ein Schock, aber wir müssen noch weiterleben.

Dass unsere Beziehung nur auf uns beide beschränkt blieb, ist von aussen betrachtet schwer nachvollziehbar, aber es ist wie in vielen Familien so, die einen können nicht, die anderen wollen nicht und bei genauer Betrachtung sind alle so sehr mit sich beschäftigt, dass wenn überhaupt eine Beziehung entstehen würde, sie nur flüchtig und oberflächlich wäre.

Wenn ich jetzt unser ganzes Familiengeflecht entwirren würde, käme ich um Schuldzuweisungen nicht herum.

Das kann ich nicht und will es auch nicht. Ich bin sicher, dass du es auch nicht willst.

Einer muss anfangen zu vergeben und zu vergessen. Ich denke, dass jede Zeit ihre Qualität hat, wie es so treffend in dem Satz «jeder Kunst ihre Zeit, jeder Zeit ihre Kunst» gesagt wurde. Dieser Spruch macht klar, dass es gar nicht anders gehen konnte als es ging.

In einer Zeit in der meine Eltern, wie alle anderen eine kollektive Schuld am Krieg mittrugen ging es vorrangig ums Überleben. Da blieb nicht viel Raum den Dingen auf den Grund zu gehen, wenn ich es ab und zu dennoch versuchte, bekam ich höchstens ein «das verstehst du nicht,» oder «es war halt so zu hören.»

Als ich alt genug war, um Antworten zu fordern, war es zu spät. In teilweise mühsamer Kleinarbeit konnte ich einige historische Fakten zusammentragen und mir so ein Bild machen von den Umständen, die damals herrschten.

Wie vereinbart will ich weiterschreiben und von meinem Leben erzählen.

Die Wintersaison in Mürren dauerte sehr lange bis weit nach Ostern. Mürren liegt auf 1600 Meter, was eine gewisse Schneesicherheit garantierte und den Hoteliers satte Gewinne bescherten.

Wieder fuhr ich nach Fernitz, wenn auch nur für kurze Zeit.

In der Sommersaison arbeitete ich im Parkhotel Giessbach, einem wunder schönen Jugendstil Hotel. Gleich daneben waren die Giessbachfälle, ein wildes Wasser.

In Kaskaden donnerte es herab, atemberaubend schön.

Der Küchenchef war ein hoch dekorierter Spitzenkoch, der uns alles abverlangte.

Ende Saison bot er mir eine Stelle als Chef Patissier (auf steirisch Mehlspeisenkoch) im Palace Hotel in Montreux an.

Ich lehnte ab, weil ich befürchtete dem Job nicht gerecht zu werden.

Fünfzig Jahre später trafen wir uns zufällig an einer Messe wieder, er erkannte mich sofort. «Schade bist du damals nicht mitgekommen,» waren seine ersten Worte. Leo Stocker so hiess er, gehört zur Sammlung meiner wichtigen Begegnungen. Anlässlich eines Bankettes stand ein deutscher Kellner vor einer riesigen silbrigen Bowle voller Fruchtsalat und sagte: «wow, hier drinnen würde ich gerne meine Füsse baden» Leo ging wortlos in die die Küche und verlangte nach dem Kellner. Als er vor ihm stand packte er den Kellner am Hals, drückte ihn gegen wie Wand: «sag so was nie mehr in meiner Gegenwart.» So war er, cholerisch, genial und voller Berufsstolz.

Mittlerweile ist er gegen achtzig steht immer noch in der Küche seines Restaurants und will, wie er es ausdrückt «in der Schürze sterben».

Du und ich haben recht oft miteinander telefoniert und dabei auch über das Sterben geredet. Du hattest eine sehr pragmatische Ansicht:

«weisst du, irgendwann passiert es sowieso.» Zu gerne hast du gelebt, als dass du dich mit dem Tod beschäftigt hättest. Dennoch zeigt deine geordnete Hinterlassenschaft, dass du dich doch mit ihm befasst hast. Oder war es dein Sinn für Ordnung, du konntest ihn so aus deinem Gedankengut vertreiben.

25. Brief

Es erinnert mich an ein Gespräch, das ich mit unserem Vater führte.

Er sass wie gewohnt in einem Autositz unter dem Vordach des Wirtschaftsgebäudes, als er mich zu sich rief.

«Mir ist jeder Tag recht» begann er, was er damit meine, fragte ich «das Sterben» «Papa ich will nicht über das Sterben reden,» «Bleib hier.» Sein Ton war unmissverständlich. «Du hast eine Frau rede mit ihr darüber.» «Das geht nicht.»

«Warum nicht?» «Sie würde jetzt schon in Trauer fallen, das muss nicht sein.» Er erzählte von seinem Leben, wie er als Junge im Sommer auf dem Heustock und im Winter im

Stall schlief. Von der harten Arbeit im Elektrizitätswerk, vom Reinigen des Rechens, der voll von all den Dingen, die in den Mühlgang geworfen wurden und ihn damit verstopften. Davon, dass er nur sechs Jahre zur Schule gehen konnte, weil seine Mutter die Schwarzbäurin ihn auf dem Feld und im Stall brauchte und er deshalb keinen Beruf erlernen konnte. Er nahm es hin, weinte an ihrem Grab, trotz allem.

Und natürlich vom Krieg, der alles veränderte, alles kaputt machte Träume, Freundschaften und am Ende nichts blieb als Leid und Krankheit.

Noch nie hatte er so mit mir geredet. Natürlich hatte ich einen Kloss im Hals, ich war jung, der Tod weit weg, ich hatte andere Dinge im Kopf als das Sterben.

Heute bin ich soweit. Begreife, dass ich über den Tod reden kann, ja reden muss. Er hat keinen Schrecken mehr, er wird zum täglichen Begleiter und deshalb vertrauter, nicht dass ich ihn gleich kennen lernen möchte. So weiss ich doch, dass er mich eines Tages besuchen wird. Deine fatalistische Art wie du über ihn gesprochen hast, hat mich berührt.

Diese Telefongespräche bleiben sehr stark in meiner Erinnerung, sind Trauer und Trost gleichzeitig.

Wie auch immer es wird noch unzählige kurze Momente geben, in denen ich mich an dich erinnern werde, vielleicht irgendwann auch

wieder mit einem befreienden Lachen.

«Mei Liaba» waren deiner, wie
auch Papa`s liebster Spruch zu all
möglichen und unmöglichen Gele-
genheiten.

Deine Kinder haben mit viel Liebe
deinem letzten Wunsch entsprechend, deine letzte Ruhestätte ge-
staltet. Du kannst dich glücklich
schätzen, auch wenn der Prozess des
Loslassens für sie, durch die unmittelbare Nähe, ein schwieriger wird.

Aber ich kann mir vorstellen, dass
du so für lange Zeit bewusst ein Teil
von ihnen bleiben wirst. Etwa wenn
sie dir von ihren Sorgen und Nöten
berichten und um Rat fragen werden. Ich bin überzeugt, dass du
ihnen zur Seite stehen wirst und

ihnen so manche Eingebung zukommen lassen wirst. Aus eigener Erfahrung weiss ich wie wichtig der Kontakt zu den verstorbenen ist, auch wenn ich denke, dass Entfernung keinen Abbruch tut ist doch die Beziehung durch die unmittelbare Nähe um einiges intensiver.

26. Brief

Irgendwie hatte ich genug von den Saisonstellen, fand es wäre doch an der Zeit einmal länger an einem Ort zu bleiben.

In der Schweiz ist die Hotel Revue das, was in Österreich die Salzburger Nachrichten sind, eine Plattform für das Gastgewerbe. Ich bewarb mich in Solothurn, im Hotel Krone. Als ich im Dezember 1969 am Bahnhof in Solothurn stand liess ich meine Koffer in der Gepäckaufgabe, wollte erst einmal schauen gehen was mich erwartet.

Ich war überrascht von der Schönheit dieser Barocken Stadt, von der Hauptgasse, die eine gewisse Ähnlichkeit mit der Grazer Herrengasse hat und ich mich sehr schnell heimisch fühlte.

Zu Fuss erkundete ich die Stadt und die Umgebung. Bei der Arbeit gab es kaum Probleme ausser einmal als jemand Salz in den Zuckervorrat streute. Das Hotel gehörte der Von Roll AG in Gerlafingen, eine Eisengiesserei und der grösste Arbeitgeber in der Region. Der leitende Direktor und seine ganze Familie waren sehr religiös, was sich gut traf, denn die grosse Kathedrale war gleich gegenüber.

Nur der Küchenchef, sein Schwager, fiel aus dem Rahmen. Er war rechthaberisch aufbrausend und streitsüchtig speziell, wenn er viel getrunken hatte.

Als nach einem Jahr sein Vertrag nicht verlängert wurde kam es zu einem Direktionswechsel. Die ganze Familie, inklusive Küchenchef mussten gehen.

Aber auch der neue musste nach einem Jahr wieder gehen.

Ich dachte warum sollte ich gehen, wenn ich doch jedes Jahr neue Vorgesetzte bekomme

Ich hatte mich inzwischen gut eingelebt. Ich hatte gute Kontakte zu einheimischen Freunden, nur eine feste Beziehung wollte ich nicht so schnell eingehen.

Dann kam ein neuer Direktor einer der fünf Jahre lang bleiben sollte ein offener, liberal denkender Charakter. Die Zusammenarbeit mit ihm war sehr angenehm er formte aus den Mitarbeitern ein Team.

Es war die Zeit der Veränderung, die industriell hergestellten Desserts waren zunehmend rentabler als der Patissier.

Herr Bussmann der Direktor fragte mich ob ich mir die Stelle eines Koches vorstellen könnte.

Natürlich konnte ich, ich hatte ja schon oft in der Küche mitgearbeitet, hatte mit den Lehrlingen für ihre Prüfung gelernt.

Es wurden zwei wundervolle Jahre, weil ich ja eigentlich Koch lernen wollte aber es sich damals kein Platz fand, wurde entschieden «dann lernst du halt Konditor, ist ja nicht weit daneben.»

Hinterher ist man ja immer gescheiter. Aber ich muss sagen es war gut so wie es war. Ich sollte in weiterer Folge noch so manchen Nutzen daraus ziehen, dass ich beide Berufe beherrschte.

Dann lernte ich Hilde kennen. Sie war am Buffet beschäftigt. Wir wohnten beide im Personalhaus.

Sie war auf einem kleinen Bauernhof unweit von Solothurn aufgewachsen. So manchen freien Tag half ich auf dem kleinen Hof mit.

Wir hatten viel vor. Um in der Schweiz ein Restaurant zu führen braucht es ein Wirte Patent. Der Kurs dafür dauert vier Monate und ist noch recht happig. Da Hilde keine richtige Berufsausbildung hatte beschlossen wir, dass sie den Kurs machen sollte.

Danach schauten wir uns einige Mietobjekte an, voller Enthusiasmus, doch leider fehlte uns das nötige Geld. Wir gaben nicht auf, wir verlobten uns und waren voller Zuversicht, dass es irgendwann einmal klappen würde.

Doch dann kam alles anders. Hilde hatte eine jüngere Schwester, die war mit Vittorio, einem grossen blonden Italiener mit blauen Augen der personifizierte Schwarm aller Frauen, verheiratet. Hilde's Schwester war genau das Gegenteil, klein rundlich unscheinbar. Sie wurde von ihm schwanger, beide Väter bestanden darauf es wird geheiratet. Mit 22 Jahren bekam sie ihr zweites Mädchen, danach wurde sie krank.

Innerhalb von nur 3 Monaten starb sie an Krebs.

Das ältere Mädchen wurde nach Italien zu den Grosseltern gebracht, das zweite blieb in der Schweiz. Das war natürlich eine Notlösung. In der Folge kümmerten wir uns um ihn, da er nur schlecht Deutsch konnte. Hilde kümmerte sich anscheinend zu intensiv um ihn, oder er um sie, jedenfalls eines Abends gab Hilde mir den Ring zurück und eröffnete mir, dass sie Vittorio heiraten und mit ihm nach Italien ziehen würde.

Der Klassiker, der um den es geht, erfährt als letzter davon. Wie gewohnt versuchte ich meinen Kummer mit Alkohol zu ertränken. Damals hätte ich jemanden gebraucht der mir erklären würde, warum das Leben so ist. Ich quälte mich mit

Selbstvorwürfen, dass ich von all dem nichts geahnt hatte. Ich hätte jemanden gebraucht, der mich in den Arm genommen, mir gesagt hätte, dass ich dennoch liebeswert bin. Du hättest diejenige sein können. In langen Telefonaten versuchte ich es mit meinen Eltern, bis ich einsah, dass ich sie überfordere, wir die uns kaum einmal umarmten. Zuneigung wurde auf Distanz gelebt. Ich will ihnen nichts unterstellen, aber grosse Gefühlsausbrüche waren bei uns nicht an der Tagesordnung und bis anhin konnte ich meine Probleme ja auch alleine lösen.

Bis ich dann beim Direktor antraben musste. Er gab mir eine Woche Zeit wieder in die Spur zu kommen, ansonsten er mich entlassen würde. Das wirkte. Anstatt ins Gasthaus ging ich spazieren stundenlang, meist dem Fluss entlang. Schrie, tobte, fluchte weinte, klagte Gott oder wer immer sich dort oben befindet, mein Leid.

27. Brief

Nun eröffnete sich mir die Möglichkeit an der Reception zu arbeiten. Irgendwie kam dem Direktor mein Talent für Sprachen zu Ohren. Da ein Abgang ersetzt werden musste bot er mir die Stelle an.

Die Reception war das Herz des Hotel's. Hier kamen alle Bestellungen an, wurden Wochenpläne für die Belegschaft, Menu's gedruckt, Briefe geschrieben, Buchhaltung geführt. Gästebetreuung nahm viel Zeit in Anspruch und wir hatten zuweilen illustre Gäste. Annelise Rothenberger, Josef Meinrad, Sophia Loren, Joachim Kuhlenkamp, Valerie von Martens, Jürgen Fassbinder um einige zu nennen, in all möglichen Sprachen wurden Telefonate vermittelt so mit Stecker, wie in den alten amerikanischen Filmen . Das brauchte meine ganze Aufmerksamkeit, das alles war Neuland für mich.

Ich schaffte es, weil ich es unbedingt wollte. Es erinnerte mich an Salzburg, an den Glanz der kalten Buffets, als ich über den Tisch hinweg mit all den Schönen und Reichen für einen kurzen Augenblick in Kontakt kam.

Hier war ich noch näher, musste so manchen Wunsch erfüllen, so manches Telefonat vermitteln, so manch eine ihrer Marotten erdulden bis einige ihren Glanz verloren.

Glaube mir, allein die Geschichten dieser Begegnungen würden ein Buch füllen.

Mein Leben verlief wieder in geordneten Bahnen. Durch das viele, das zu erlernen war, hatte ich gar keine Zeit Trübsal zu blasen.

Ich achtete auf mein Äusseres, rasierte mich täglich, pflegte mich. All das machte aus mir einen neuen Menschen. Wenn ich denke, wie meine Kochkleider zuweilen aussahen, muss ich mich heute noch dafür schämen. Ich sah richtig verwahrlost aus. So gesehen war ich meinem Direktor äusserst dankbar.

Und dann noch die Arbeitszeit. Frühdienst von sieben bis nachmittags um halb vier, Spätdient von halb vier bis Mitternacht. Egal welchen Dienst ich hatte es kam mir so vor, als hätte ich einen halben Tag frei.

Ich fand das wäre die ideale Arbeitszeit für eine Beziehung, man hatte genügend Abstand und Freiraum.

Meine täglichen Spaziergänge hielt ich für lange Zeit bei aber anstatt zu fluchen und zu schimpfen ging ich den Ablauf des Vortages durch erinnerte mich daran was ich gelernt hatte und was noch zu verbessern war.

Dann lernte ich Marie Claude kennen. Ich weiss gar nicht mehr was mich bewog mit ihr eine Reise in die Türkei zu unternehmen. Sie war klug und vielsprachig. Du siehst

Sprachkenntnisse beindruckten mich noch immer sehr und sie wusste, wie man das Feuer entfacht. Sie wusste aber auch, wie man es wieder löscht. Eigentlich war sie sehr anstrengend.

Mit ihren Französischen Freunden wollten wir uns am Auffahrtstag um fünf Uhr in Rijeka treffen. Auf dem Weg dahin besuchten wir zuerst Seppi in Liechtenstein, der noch die Kupplung an meinem Auto reparierte, dann fuhren wir bei meinen Eltern in Fernitz vorbei.

Ich weiss noch meine Mutter konnte ihren Namen nicht richtig aussprechen, worauf Marie Claude ziemlich schroff reagierte, es war kein erfreulicher Auftritt. Fremdsprachen waren nun mal nicht ihr Ding. Auf dem Weg nach Rijeka fragte ich sie ob das nun nötig war, die nächsten Stunden schwiegen wir, laut. Wir trafen die Franzosen tatsächlich vor ihrem kaputten VW Bus in Rijeka. Tags darauf konnte die Reise los gehen.

Ich kann es vorwegnehmen, es war ein schöner Trip durch Jugoslawien, Griechenland und die Türkei. Wir schliefen auf Campingplätze im Zelt. Jeden Tag abmontieren, dann wieder aufstellen viele schöne Begegnungen mit Einheimischen. Was mich wohl am meisten beindruckte war in Istanbul, die Überfahrt mit der Fähre nach Bursa. Mit einem Schlag im Mittelalter, Strassenhändler mit Tee, Gurken, Brezeln ein lautes durcheinander zwischen Pferdefuhrwerken. Männer in komischen Hosen und verschleierte Frauen.

Irgendwann verliessen uns die Franzosen und wir fuhren noch zwei Wochen allein weiter bis Konya.

Auf dem Weg zurück in einer Vollmondnacht am Meer in Kroatien fragte sie mich ganz unverhofft ob ich sie heiraten würde. Ohne lange zu überlegen sagte ich «nein». Es war eine der klarsten Entscheidungen, die ich je getroffen habe. Frei von Zweifel oder Reue.

28. Brief

Damit war die Reise natürlich zu Ende. Sie nahm den Zug in die Schweiz und ich fuhr nach Fernitz. Wieder zurück in Solothurn lernte ich Heidi kennen. Wir verstanden uns auf Anhieb gut, teilten uns die Arbeiten an der Reception was sie nicht gerne machte tat ich und umgekehrt. Sie war unkompliziert, witzig und immer gut drauf.

Die Besitzer des Hotels planten einen Umbau, dazu wurde die ganze Belegschaft für drei Monate beurlaubt. Ich nutzte die Zeit für den Wirte Kurs.

Aus irgendeinem Grund wurde nicht umgebaut, daraufhin kündigte der Direktor und ging nach Amerika.

Wieder kam eine neue Leitung, innerhalb eines halben Jahres wurde das ganze Personal ausgewechselt.

Ich bewarb mich als Geschäftsführer

eines Wiener Cafés in Burgdorf. Dank dem Wirte Patent und meiner österreichischen Herkunft war ich der ideale Kandidat. Mit einem Foto wurde ich in der lokalen Presse vorgestellt.

Das Café hatte etwa siebzig Plätze, es wurden Mehlspeisen aus der Konditorei des Besitzers und Tagesmenus angeboten.

Als die grössere Herausforderung entpuppte sich die Führung der fünf

Mitarbeiterinnen. Nach einer Ange-
wöhnungsphase kamen wir dann
aber gut miteinander aus.

Es wurden drei schöne und erfolg-
reiche Jahre. In der Freizeit beschloss
ich an der Musikschule Klavier Un-
terricht zu nehmen.

Heidi und ich waren inzwischen
zusammengezogen.

Nach einem halben Jahr sagte mir
der Klavierlehrer wir würden besser
in den Spielsalon flippern gehen.
Wir wurden schnell Freunde und
anstatt Klavier, spielten wir Schach
und philosophierten über Gott und
die Welt.

Heidi legte sich eine Hündin zu,
eine Mischung aus Collie und Ap-
penzeller, Amara hiess sie und obwohl ich sie fütterte gehorchte sie

nur ihr. Aber es war ein lieber Hund, der uns 16 Jahre lang begleitete.

Dann bekamen wir von unserem ehemaligen Chef eine Einladung für drei Monate nach Amerika.

Natürlich nahmen wir an. Im Frühling 1981 war es dann soweit. Wir flogen nach Miami, danach fuhren wir mit dem Auto die Ostküste entlang nach New York.

Unterwegs machten wir Halt in Atlantik City, eine Spielerstadt mit allem was du dir nur vorstellen kannst. In der Welt aus künstlichem Licht verlor ich jegliches Zeitgefühl. Weiter nach New York, eine Stadt die dich aufsaugt wie ein Schwamm. Du hast keine Möglichkeit dich dagegen zu wehren.

Etwa drei Autostunden später waren wir am Ziel, die Insel Fishers Island. Die halbe Insel ist ein riesiger Golfplatz, dazwischen Villen mit sechzehn und mehr Zimmern, es ist ein Platz für die ganz gut betuchten. Bewohnt waren die Villen höchstens drei bis vier Monate im Jahr. In der restlichen Zeit wurden sie von schwarzen Arbeitern gepflegt.

Zum grosszügigen Clubhaus gehörte ein eigener Strand mit Kabinen und ein Restaurant. Unser Job war es die Kabinen zu restaurieren, neu malen, Schlösser auswechseln Hausmeisterarbeiten und am Abend Hamburger auf einem Grill am Strand zu braten. Eigentliche Ferienjobs, in denen sich niemand ein Bein ausriss.

Für die letzten drei Wochen bekamen wir ein Auto und fuhren damit
den Rest der Ostküste bis zu den Ni-
agara Fällen. Wir verbrachten eine
wirklich gute Zeit.

29. Brief

Zurück in der Schweiz schien alles so klein und eng. Wir waren ziemlich abgebrannt und brauchten dringend Arbeit.

In Kriechenwil fanden wir ein Restaurant, das uns gefiel und obwohl er uns nicht kannte übernahm der Vermieter die Bürgschaft für 30 000.00 so kamen wir zu Geld.

Heidi war für den Service, ich für die Küche zuständig.

Anfangs machten wir alles selbst ohne Personal, nur mit der Zeit brauchten wir Aushilfen. Alles lief auf Anhieb gut. Wir lernten viele Leute kennen, schlossen Freundschaften, die bis heute anhalten.

An unserer Hochzeit im Standesamt Laupen kamen über 60 Leute, teilweise mussten sie vor dem Eingang stehen, weil drinnen kein Platz mehr war. Auf dem Weg durch die kleine Stadt winkten und klatschten die Leute. Es war eine Stimmung wie an einem Volksfest.

Es war einfach wunderbar.

Im Herbst darauf hatte Heidi eine Fehlgeburt. Hatten wir es übertrieben mit unserem Einsatz? Es war zu viel, die Luft war draussen. Wir gaben auf und verliessen Kriechenwil und zügelten nach Busswil im Emmental.

Heidi arbeitete als Sekretärin in einem Fitnessclub und ich versuchte mich als Künstler, allerdings mit wenig Erfolg.

Eines Tages fragte mich der Dorf-
wirt was ich denn den ganzen Tag so
mache «Kunst» sagte ich er «aha,
wie wäre es denn mit Arbeit?» Er
kannte mich aus meiner Burgdorfer
Zeit.

Er wüsste da ein Hotel das dringend eine Führung bräuchte. Mein
Kontostand war sofort dafür. Na, jedenfalls zwei Wochen später fing ich
an. Heidi musste erst noch kündigen
und kam später nach.

Das Hotel Krone in Wangen an
Aare war ein altes Haus das schon
bessere Zeiten gesehen hatte. Aber
was solls, voller Elan stürzten wir
uns in die neue Aufgabe.

In den besten Zeiten hatten wir
acht feste Mitarbeiter. Und auch hier

gewannen wir sehr schnell das Vertrauen der Bevölkerung. Etwa vier Jahre später, wurde Heidi wieder schwanger der Eigentümer verkaufte das Hotel, es kam nicht überraschend für uns, weil wir wussten, dass er es nicht behalten will. Nun stimmte der Umsatz, wir hatten ihn verdoppelt und er konnte es verkaufen.

Was nun? Eigentlich hatten wir beide genug vom Gastgewerbe, so ergab es sich, dass wir eine chemische Reinigung übernahmen. Was für ein Wechsel vom Kochherd zur Waschmaschine.

Aber auch hier ging alles wieder gut, klar am Anfang muss man viel lernen und bezahlt auch Lehrgeld aber am Ende verdienten wir so viel

Geld, dass wir uns ein Haus mit einem Ladenlokal kaufen konnten.

Nacheinander kamen Joy und Mia zur Welt wir wohnten damals in Bäriswil in einem kleinen Haus zur Miete.

Die Strasse war eine Sackgasse und in den Nachbarhäusern hatte es vier gleichaltrige Kinder. Wir blieben dort bis Joy eingeschult war. Der Kontakt zu den Nachbarn war gut. Wir feierten und grillierten oft zusammen.

Als Miete für die Reinigung unerschwinglich wurde, verkauften wir und zogen weg.

Heidi hatte bereits in Bäriswil angefangen von zu Hause Kinderkleider und Spielzeug zu verkaufen, da kam das Haus mit dem Ladenlokal gerade recht.

Sie verkaufte recht gut. Ich ging tageweise kochen. Das war natürlich auf Dauer kein Zustand.

Und wie so oft in meinem Leben, kam die Lösung quasi von selbst. In Langenthal war ein neues Restaurant in Planung, das alles ein wenig anders machen wollte. Das gefiel mir, denn an Ideen mangelte es mir nicht, so konnte ich die Betreiberin überzeugen.

Wir wurden schnell bekannt und förmlich überrannt, ich schrieb jeden Tag eine neue Speisekarte von Hand. Dazu noch eine Vitrine mit einem grossen Angebot an Dessert und Kuchen. Der Laden schien wie für mich gemacht. Alles schien gut bis 2004 zu dem verhängnisvollen Urlaub in der Steiermark, als ich am ersten Tag ins LKH in Graz gebracht wurde.

Zwei Wochen später waren wir wieder in der Schweiz, wo ich mich einer Herzklappen Operation unterziehen musste.

30.Brief

Nach der Reha versuchte ich noch einmal Fuss zu fassen. Aber es wurde nichts daraus, ich konnte die erwarteten Leistungen nicht mehr bringen Da stand ich nun 61 und arbeitslos. Heidi hatte inzwischen einen tollen Job als Geschäftsführerin. Wir verkauften das Haus mit dem Laden und kauften uns ein kleineres Haus hier in Wiedlisbach, ruhig mit Garten an wunderbarer Lage.

Die Kinder gingen hier zur Schule. Von hier aus in die Lehre. Sie sind beide wohl geraten und bereiten uns viel Freude.

Meine Arbeitslosigkeit dauerte 3 Monate da bekam ich einen Anruf einer alten Chefin «bist du noch zu haben?»

Eine Woche später stand ich in der Küche eines Altersheimes.

Und auch hier hatte ich eine wunderbare Zeit, mir waren die alten Leute richtig ans Herz gewachsen. Nichts mehr von chikki mikki, Angebereien und grossen Sprüchen, stattdessen Fürsorge und Empathie. Ich beendete meine Arbeitskarriere mit 65 und war stolz es geschafft zu haben.

Nachtrag

Ich danke den unzähligen Frauen und Männern, die ich all die Jahre hindurch kennenlernen durfte. Erst beim Blick zurück ist mir klar geworden, wie viele es sind. Die unzähligen Situationen, die wir zusammen erlebten, die glücklichen wie auch die traurigen, waren und sind eine enorme Bereicherung für mein Leben.

Bleibt noch die Sache mit der Kunst.

Bereits in der Schulzeit wollte ich Künstler werden. Als mir dann der Lehrer ein kleines Talent bestätigte, war ich natürlich überglücklich.

Was ich jedoch nicht wusste ist, dass Kunst nur zu einem kleinen Teil aus Talent, aber zu grossem Teil aus Arbeit besteht. Daran scheiterte ich, Brötchen verdienen war mir wichtiger als Idealismus. So kam es auch, dass ich erst 1975 schüchterne Versuche wagte.

1978 hatte ich meine erste Ausstellung, zusammen mit dem Hoteldirektor stellten wir im Dachstock der Krone aus, das war aufregend.

Die Laudatio hielt der damalige Kunstpapst von Solothurn. Als er auf meine Bilder zu sprechen kam sagte er nur

er wünsche sich, dass ich endlich «meinen Stil» finden würde.

In der Tat hatte ich ein Durcheinander von Zeichnungen, Malereien und Portraits ausgestellt.

Es sollte mir eine Lehre sein von da an begann ich in Zyklen zu arbeiten. angefangen mit Bleistift, zu dem ich immer wieder zurückkehrte, wagte ich mich an grössere Projekte. Es folgte eine schöpferische Pause bis ich die erste. Einzel Ausstellung hatte. Dieses Mal setzte ich alles in Bewegung, der österreichische Vize Konsul hielt die Laudatio. Es war ein voller Erfolg. Ich verkaufte einige Bilder, verschenkte eines an das örtliche Spital, wo es heute noch hängt. Es folgten eine Reihe von Ausstellungen mit mehr oder weniger Erfolg. Zum Leben reichte es nicht, insofern hatte mein Lehrer recht.

Nichts destotrotz fand ich grossen Gefallen auszustellen.

1989 war mein bestes Jahr. An einer Ausstellung in Zürich wurden mehr als die Hälfte verkauft. Ich war sprachlos.

Mit HJ Brunner hatte ich einen Künstler kennengelernt, bei dem die grossen arrivierten Künstler ein und aus gingen. Diese Begegnungen gaben mir natürlich neuen Schub.

Du wirst dich jetzt fragen, warum der Verkauf so wichtig ist, für mich war er es. Als Bestätigung meiner Arbeit.

Erst in den letzten Jahren löste ich mich vom Kommerz und machte noch das was aus mir kam so etwa Bilder aus Rost. Ich hatte gelernt, wie man Farbe herstellt, war endlich

Künstler. Oder zumindest so wie ich mir einen Künstler vorstellte. Es ist das Machen, der Wunsch mich über Farbe und Formen auszudrücken, gestalten sich hin und wieder überraschen lassen.

Nichts destotrotz habe ich den Anschluss verloren, wenn man nur noch wenige Ausstellungen macht ist man schneller weg vom Markt als man denkt. Trotz alle dem hat mir die Kunst eine Fülle von Kontakten mit Menschen, die ich ohne sie vermutlich nie kennen gelernt hätte beschert.

So jetzt habe ich für dich mein Innerstes nach aussen gekehrt. Schade nur dass du es nicht mehr erleben durftest. Wir hätten uns köstlich amüsiert. Aber ich erzähle dir den fehlenden Teil, nachts, wenn ich nicht schlafen kann.

In tiefer Verbundenheit.

Charly